黒狼王の水鏡
こくろうおうの
みずかがみ
JN225341

黒狼王の水鏡

橋本悠良

ILLUSTRATION：古澤エノ

黒狼王の水鏡

LYNX ROMANCE

CONTENTS

黒狼王の水鏡

——僕は、父を殺した……。


水の中で、父の声を聞いた。

『馨(かおる)…。…だ。……からな』

パパ。

苦しい。助けて…。


助けて。ごめんなさい……。


「あ……」

強化硝子(がらす)でできた正面扉を抜けると、雨が降っていた。

最新鋭のビルの内側からは、外の様子がよくわからない。まだ午前九時を回ったばかりだが、白く煙る街路樹の向こう側では、すでに隙間なく連なった車の波が、タイヤの音を響かせて慌(あわ)ただしく行き交(か)っていた。

その喧騒(けんそう)も、一歩建物の中にいればまるで聞こえなかった。堅固な鎧(よろい)で身を守るがごとく、現代の楼閣は完璧に外部の音を遮断している。

空調もしかりだ。澄江馨は、急な湿度変化に曇る黒縁眼鏡をわずかにずらして前方を見た。度のないレンズの奥に黒目がちの瞳が覗く。深い二重の人形めいた目を長い睫毛が縁どっていた。味気ないブリッジを載せた鼻はつんと尖って筋が通り、白い頬のラインはすっきりとして滑らかだ。よく見れば、かなり人目を引く美貌だとわかるのだが、野暮な黒縁眼鏡が見事にそれを隠していた。

空一面を覆う灰色の雨雲を見上げ、止みそうにないと判断した馨は、降りてきたばかりのエレベーターに戻っていった。家から持って出た折り畳み傘がデスクの抽斗に入ったままだった。

エレベーターホールに続くロビーには忙しなく人が行き来しているが、自身の仕事で手いっぱいの彼らが素顔を隠した馨に目を留めることはなかった。清潔で仕立てのいいスーツを着ていることも、ここでは珍しくない。取り立てて長身でもない上に、やや細過ぎる身体つきの男が注目されることはないのである。

千人以上の社員が働く巨大な本社ビルは、湾岸部の再開発地区にそびえている。馨が勤務する『白香社』は国内最大手の広告代理店の一つで、テレビコマーシャルを始めとした企業の宣伝活動の多くを担っていた。

バブル期に比べれば縮小傾向にあるとはいえ、大企業が自社のイメージ戦略に割く予算は今も膨大で、上位百社の年間予算はおよそ百億円以上、最も計上額の多い数社に限れば数千億という数字を広告費に当てている。それらを扱う白香社の売り上げも一兆円に近かった。

テレビ業界や芸能界に近く華やかな印象があること、社員の平均年収が一千万円を超えることなどから、白香社の入社倍率はかなり高い。難関を潜り抜け企画営業の総合職に就いている馨は、入社二年目とはいえ世間一般から見ればエリートの部類に入るだろう。

　IDカードを何度かかざし、厳重に守られた要塞の中を音のしないエレベーターで昇ってゆく。所属部署のある高層階にも数秒で到達する魔法の機械だ。ホールを抜けフロアの入口で再びカードをかざして入室すると、広い室内には半数ほどの人が残って、それぞれの仕事に追われていた。

　ドアが開くのと同時に、右手の喫煙室から野崎康男が姿を現す。馨と同じ第二営業局第二企画営業部に籍を置く先輩営業マンで、年は五つ上、馨の教育担当でもある。身長は馨と同じく平均に近い百七十センチ前後だが、がっしりとして顔が大きく全体に横幅があるので、座っているともう少し大柄に見える。今は立っているので目線は馨と同じ位置にあった。

　整髪料で整えた髪や一目でブランド物とわかるスーツの効果もあって、野崎の印象は自信に溢れたエリート営業マンそのものだ。

　その野崎が、いつものように快活に話しかけてきた。

「とっくに出たと思ってたぜ」

「ああ、はい。えーと、雨で…」

　折り畳み傘を、と続ける前に、野崎はうんうんと頷いてみせる。笑顔に紛れてかすかな舌打ちが聞こえた。その背後に浮かんだ薄い影を、馨は努めて見ないようにした。

「梅雨時の外回りは憂鬱だよな。ま、頑張れよ」

笑顔のまま馨の肩をポンと叩き、カードをかざしてドアを抜けてゆく。野崎の四角い背中と、その背にまとわりつく薄暗い影を見送り、馨は視線を落とした。

社内での野崎はどちらかと言えば気さくで人当たりがよい。仕事の上では意外とぱっとしないと噂されることもあるが、それ以外に悪い評判を聞くことはなかった。馨の教育担当を任されているのも、それなりに優れた人材だからだろう。

ただ、野崎から教えられたことはあまり多くはなかった。事務機器の使い方や日報の入力方法に始まり、取引先とのアポの取り方、営業先でのやり取り、制作の進め方まで野崎は全てを「見ていればおいおいわかってくるさ」の一言で済ませる。馨はほかの先輩社員や同期の顔見知り、事務方の社員の助けを借りて、ようやく一年目を終え一通りの仕事を覚えたところだった。

低いパーテーションで仕切られたフロアを、席のある第二企画営業部の島まで歩いてゆく。二営二部と略される馨の所属部署では、事務方の早瀬美鶴が一人残って仕事をしていた。

馨よりさらに華奢な早瀬は、まだ少年のような面差しをしている。入社三年目の二十五歳で、馨の一つ先輩になる。

「澄江くん、ミーティング…」

「え？　…ミーティングが、どうかしましたか？」

顔を上げた早瀬が、首を傾げながらかすかに責めるような目を向ける。そして、ホワイトボードに記された馨の帰社予定時刻をちらりと見て言った。

「昨日の夜、メール回ってたよ。今日午後一で緊急ミーティング。全員出席って書いてあった。さっき、加納部長が…」

あ、という形で、早瀬の唇が固まる。

背後に覚えた威圧感に振り向くと、第二企画営業部部長の加納が立っていた。長身とひげ面が熊を連想させる大男だ。四十前にして部長の地位にあるだけあって、広告の世界では神様と呼びたくなるような傑作をいくつも世に送り出している。同時に、熊と言うより鬼か悪魔かと噂される厳しい人物でもある。

「午後までに調整して戻れ」

有無を言わさぬ一言に慌ててスマホを開きかけると、いきなり雷が落ちた。

「スマホに頼るな！　その日の予定くらい頭に入れておけ！」

「は、はい！」

「以前言った時間枠だ。戻れるだろうな？」

「はい」

予定そのものは頭に入っていた。外せない仕事を入れるなと先週のうちに加納の指示があったので、クライアントとの約束は午前中にしか入れていない。

ただ…。

少しの間、言おうか言うまいか迷った末に、結局黙ってその場を辞した。言っても仕方がないことだと判断したからだ。

メールは回ってきていない。あるいは回ってきたのかもしれないが、馨が目にする前に削除されている。外せない予定を入れるなと言われたのだ。それらしいものがあれば気付く。

部内での通達、社内での私的な連絡事項などで時々そんなことが起きた。馨のアカウントにアクセスして、それらを消去している者がいるらしい。誤って消した可能性もあると初めのうちは考えた。

だが、注意していると、ダストボックスを空にするタイミングが自分のルールと違っていた。

それでも、安易に疑うようなことは言えない。そもそも、馨以外の誰かが消したという証拠もなかった。

嫌な気分のまま外廊下へ通じるドアの前に立ち、再びカードをかざしてフロアを出る。

退出時にもIDを確認する過剰なほどのセキュリティは、各部で扱う情報の中に極めて秘匿性の高いものがあるからだ。広告業は、企業が対外的に発表していない情報を事前に入手することが多い。たとえ同じ白香社内であっても、内容によっては他部署に漏れることが顧客の利益を損なう場合があった。

再びエレベーターに乗り込み下降しながら、野崎の背中に憑いていた影を思い出し、馨はかすかに眉を寄せた。

そこに見えていたのは、トカゲによく似た醜い姿の薄い影だ。地獄絵図に描かれる魑魅魍魎をそのまま立体化したようなみすぼらしい着物姿の物の怪。

妖怪、あやかし、物の怪…。あの影をどう呼ぶのか、馨は知らない。これまで自分以外に影を見る者に会ったことはなく、教えてくれる者はいなかったからだ。ただ、その姿は古くからある絵図や、恐ろしい物語の挿絵に描かれる物の怪の姿によく似ていた。

あの影が見えるようになったのは、馨がまだ小学校に上がる前のことだ。

家族で出かけた旅行先で、馨は溺れたことがある。トイレに寄った姉と妹、幼い彼女たちに付き添った母の三人を待ちながら、父と二人で大きな橋を見に行き、広い水面を見下ろしていた。

そして、誤って川に落ちた。

前日に降った大雨の影響で、川の水量は多く流れには勢いがあった。水難救助隊が出動するほどの大きな事故になり、翌日になって馨はようやく下流の中州で発見された。

奇跡的に命を取り止めたが、それから一週間近く昏睡状態が続いた。

病院のベッドで瞼を開けた時、最初に目に入ったのが泣いている母の顔とたくさんのチューブ、そして薄青い物の怪の姿だった。人に似た青白い姿が、透き通る影になって漂っていた。

それ以来、さまざまな影を見るようになった。初めのうちはずいぶんと恐ろしかった。そして、それがほかの人たちには見えていないと気付くまでに、時間はかからなかった。

退院するまでの間に、母や看護師にあれは何かと何度も聞いた。その度に脳波の検査や心理的なカウンセリングを受けさせられ、特に異常はないと言われたが、誰一人、影についての答えをくれるこメとはなかった。

馨の髪を撫でながら心配そうな顔を見せる母たちの様子から、おぼろげながら、あの影はみんなには見えていないのだと気付いた。どうすればいいのかわからず、目の前を漂う影をただ見つめていた。

不安と恐怖に心が押しつぶされそうになった時、頭の中で声が聞こえた。

『大丈夫だ。怖くない』

泣きたい気持ちをこらえて、その声に耳を澄ませた。

大丈夫、怖くない…。

怖くない…。その言葉を繰り返すうちに、目の前の恐ろしい影の姿に、馨は少しずつ慣れ始めたのだ。今ではその存在を、そこにいるのが当たり前のものとして見ることができる。

その川の事故で、馨と家族は一家の柱である父を亡くした。

ロビーを抜け、外回りの仕事に向かうために再び雨の街へと足を踏み出す。

地下鉄の入口に向かいながら、すれ違う親子連れに目がいった。仕事前に保育所のような場所に送るところなのだろう。スーツ姿の母親は傘をうまく差せない小さな子ども二人を連れて、背中に赤いサルに似た影を薄くまとっている。一つしか空いていない母親の手は小さいほうの子どもにつながれ、兄と思われるもう一人の子どもの背には、野崎の背に見えていたのと同じトカゲに似た影がかすかに浮かんでいた。

赤いサルに似た影が苛立ちや怒りにつながっていることを、長い年月の間に馨は知った。トカゲに似た影が表すのは嫉妬（しっと）や恨みの感情であることも。

母親が兄のほうに励ましの言葉をかけ、彼が笑みを返すと、薄い影たちはどこへともなく消えていった。

駅までは、距離にすればそう長くはないのだが、梅雨時には影の気配が濃くなる。それらを気にしながら進むと、いつもより時間がかかる気がした。

あの影は、ほかの人たちには見えない。馨に視線を向ける度に野崎がまとう物の怪の姿も、ほかの誰かの目に触れることはない。

馨のメールアカウントにアクセスできるのは、直属の上司である第二企画営業部の部長と副部長、それに教育担当の野崎の三人だけだ。部長と副部長のどちらかが、殺人的な仕事の合間を縫（ぬ）って、わざわざ馨のアカウントからメールの削除をするとは思えなかった。かといって野崎だという証拠もないのだが、四角い背中に付きまとう影が、馨はどうしても気になっていた。度々起こる不可解なメールの削除に関して、野崎の関与を疑いたくなってしまうのだ。

念のため、一度システム担当者にパソコンのチェックを頼んだが、特に異常は見つからなかった。メールはごく普通に、人の手で削除されている。担当者からは、うっかり自分で削除したのではないかと笑われただけだった。

削除されるのは個人的なものか部内の連絡事項ばかりで、馨が信用を落とすことはあっても仕事の上で大きな損失が出ることはない。仮に野崎が何かしているのだとしても、今はやり過ごして、影が消えるのを待てばいいのかもしれない。

事を荒立てても、ただでさえ多忙な営業部内に余計なゴタゴタを持ち込むだけだ。

梅雨空に似たもやもやとした気持ちを抱えて地下鉄の車両に乗り込み、少しずつ頭の中を切り替えて、午前中の仕事の段取りを考え始める。

いつまでも気にしている余裕がない忙しさが、むしろありがたかった。


父を亡くした後、姉と馨と妹という年の近い三人の幼い子どもを抱え、母は大変だったと思う。

実家が裕福だったこと、生命保険以外にも父が残した財産があったことで、一般的な母子家庭と比べれば経済的な苦労は少なかったようだが、それでも三人それぞれに十分な教育を受けさせてくれたことに、馨は感謝している。

明るく屈託(くったく)のない家庭を用意してくれたこともありがたかった。多少の不機嫌やケンカはどこにでもある小さなものだったし、父のことを乗り越えた後は、むしろ笑顔の多い家だったと思う。母の影響で、姉と妹の言動に裏表がなかったことも、馨をずいぶん安心させた。

母はおそらく、努めてそのように導いていたのだろう。

父が亡くなって一、二年くらい経った頃、まだはっきりと影と人の感情とが結びついていると気付く前に、馨は一度、母に聞いたことがあった。

『ママ、僕を見ると悲しくなる？』

母の笑顔の後ろには、病院で目覚めた時に見た薄青い人形の物の怪が浮かんでいた。

『どうして？』

微笑んだまま問い返した母は、じっと馨の目を見つめていたが、やがて観念したようにその笑顔を崩した。

『ごめんね。馨を恨みたいなんて思ってないのに…』

ママにも、どうしようもないの、と顔を歪め、『許して』と言って馨を抱き締めた。その母に馨が言えたのは、ただ『いいよ』の一言だけだった。

ごめんね。

いいよ。

子どもなら毎日のように繰り返す幼いやり取りのまま口にした。ただそれだけの言葉に、母は泣いた。何度も『ありがとう』と言いながら。

それきり、薄青い影は母の元に現れなくなり、姉や妹、まわりにいた近しい人たちに、母は冗談混じりに言うようになった。

『馨に嘘は吐けないわよ。カメラを覗いた時のパパと一緒』

プロのカメラマンだった父は、ファインダー越しにさまざまな感情を読み取ったらしい。全部お見通しだったと母は笑い、人の心の機微に聡すぎる子どもを柔らかく世間に受け入れさせた。

馨の特殊な目のことも、正しく理解することはなくとも、何かしら感じ取っていたのだろう。物の怪の影に見入ってしまい人に訝られることのあった馨が、高校の頃、その視線を隠すためだけに眼鏡を欲しがると、母はそれを黙って受け入れた。

黒い縁の地味な眼鏡は、単に視線を隠すだけでなく、馨の甘過ぎる顔立ちを適度に緩和してくれた。その頃から向けられ始めていた女性からの不可解な嫉妬や、一部の成人男性からの好色な視線が減ったことは予定外の福音だった。以来、眼鏡は馨の必須アイテムになっている。

薄い影の物の怪たちの存在は、時間とともに、絵物語で語られるような恐ろしいものではなくなっていた。影が負の感情に結びついていると気付いてからも、特に怖いと思わなかった。影はただ、人に寄り添うようにじっとそばにいるだけで、影そのものが人に害をなすことはなかったからだ。

彼らはまるで気付いて欲しいとでもいうように、どこか寂しげに人の傍らに寄り添っていた。

そして、人が悲しみや苛立ち、嫉妬や憎しみの感情に向き合い、その感情を消し去る頃には、影もまたどこへともなく消えていた。

他人の負の感情を知ってしまうことや、それがやがて消えてゆくのを目にすることは、馨の中に諦観めいた感情を生み、年のわりに達観した、やや冷めた性格を形成していった。ともすると孤独の裡に籠もりがちになるのを救ってくれたのもまた、母を始めとした家族の明るさだ。特異な目を持ってしまったことも、後天的なこととはいえ、容姿や知能や身体能力と同じく選べない資質の一つとして受け入れた。

それでもやはり、誰とも分かち合えないものを抱えていることを寂しく思うことはある。

踏み込んだ付き合いを経験しないまま大人になってしまったことも否めない。本ばかり読んでいたのも、結局は一人が楽だったからだ。

恋をしたこともない。

感情の小さな揺らぎは誰にでもあると頭ではわかっていても、長い時間を人と過ごすと、かすかな苛立ちが見せる影の気配に気を遣って疲れてしまう。人柄のよい相手ならなおのこと、我慢してくれていることに疲れてしまうのだ。

仕事上のことなら割り切ることができる。けれど、恋愛や家庭を持つことは諦めていた。

生涯独身を通す男性が最近は少なくないと聞く。このまま仕事だけを縁に生きるのも悪くないと思うようになった。

寂しさには、ただ慣れてしまえばいい。

昼前の仕事を終え、コンビニのサンドイッチとコーヒーで昼食を済ませると、午後一番で行われる緊急ミーティングのために、小会議室に移動した。

「これから話すことは、たとえ社内の人間にでも時期が来るまで口外するな」

そう言って、加納が切り出したのは、二営二部のクライアントである『寶水酒蔵』に関するものだった。日本酒の酒蔵メーカーとしては全国でもトップクラスにある寶水酒蔵は、現在馨の担当になっている。入社して間もなく加納から引き継いだ取引先の一つだが、今回の話は親会社である酒造業をはるかに上回る新会社を設立するというもので、新規扱いで加納が直接受けていた。

事業立ち上げに関わる総合的なプロデュース——具体的にはブランドイメージの提案と、テレビコマーシャルを含む広告活動、ＰＲ全般を二営二部で一手に取り扱うという。企画営業の仕事の中でも、特に企画面が重視される案件だ。

参入するのは化粧品分野だという。その受注金額の大きさを聞くと、十名足らずの部員の表情が引き締まった。

二十億——。年間予算ではなく、初期ＰＲの単発の数字だ。

主に巨大企業の広告を手掛けている第一営業局と違い、比較的小口のクライアントが多い第二営業局の売り上げとしてはかなり大きい。その後に続く定期的な広告の受注も期待できる。失敗はできないと、おそらく全員が思ったはずだ。

「特に一営の一部と二部、四部には絶対に漏らすなよ」

第一営業局の第一、第二、二つの企画営業部が掛かりきりの業界最大手『エメラルド化粧品』は年間数百億を広告費に当てる上位百社のうちの一つだ。同じく第四企画営業部が手掛ける『ラファム』も、新興メーカーの中で徐々に知名度を上げている。

寶水酒蔵が参入すれば、それらの取引先にとってはライバル企業になる。顧客や担当部署に、ギリギリまで寶水酒蔵の動きを知られたくないということだ。

「人員が足りないのはデフォだ。局長に応援要請を上げてあるが、当てにはできないだろう。各自が最大限の力を発揮してやり切るぞ」

　通常業務の担当先で負担の大きい中堅の二名と野崎は外され、胃を痛めて入院中の主任の鈴木と、親会社である寶水酒蔵を担当する馨がチームのメインに据えられた。ほか全員がバックアップに当たる。

「主任と…僕が、担当…ですか？」

　戸惑う馨に、加納は「そうだ」と頷いた。

「当然だが俺もフォローする。やってみろ」

　言われて視線を落とした馨に、加納が眉を上げる。

「なんだ。広告屋になったのは、こういう仕事がしたかったからじゃないのか」

　決まりきったプランを売るだけでなく、広告という一種の作品を世に送り出す、今回のような企画メインの仕事に憧れて入社したのではないか。そう聞きながら、加納は訝るように馨を見た。

「…いずれにしろ、おまえに選択の余地はない。やれ」

「はい」

「案は俺も出す。復帰次第、鈴木にもやらせる。だが、俺たちよりいいものを出して、おまえの最初の広告作品を作ってみせろ」

馨は視線を上げた。

（初めての広告作品…）

加納の言葉に、思っていた以上に心が高揚するのがわかった。同時に、胸の奥にかすかな痛みが走る。小さな罪悪感に似た痛みだ。

その痛みから目を逸らすように、馨は一度目を閉じ、周囲の視線が集まる中、迷いを残したまま小さく頷いた。


午後に同行するはずだった撮影現場の様子を制作担当者に確認し、予定変更で生じた細かい業務を終わらせると、この日も午前零時を回っていた。

白香社の給与水準は確かに高い。だが、それに比例して仕事も激務だった。連日のように深夜まで働き、時にはそのまま会社に泊まり込むこともある。身体か心、あるいはその両方を壊して休職する者や離職する者も少なくなかった。

そんな中、馨は先週、今のマンションに引っ越した。通勤時間の短縮が主な目的だ。

乗り換えなしのドアツードアで三十分以内、それだけを条件に探した物件は、出せる家賃にゆとりがあったこともあり、思った以上の掘り出し物が見つかった。職場のある再開発地区から私鉄で少し下ると、街並みはずいぶん古びたものになる。木造の一戸建てや昔ながらの商店街に混じって中層のマンションがいくつか建ち並ぶ。その中の一つにちょうど空きがあり、あまり迷うことなくそこに決めた。

周辺の建物同様に多少古びてはいるが、エレベーターもあり、部屋そのものの広さも十分な1LDKだ。学生時代から住んでいたワンルームアパートから思えば、1LDKのマンションはちょっとした豪邸である。

業者を頼んで荷物を移してからまだ数日しか経っていないが、もともと本以外の持ち物が多くないので、週末のうちにあらかた暮らせる程度には片付けてあった。

父を亡くした後、母は馨たちを連れて東北地方の実家の近くに移り住んだ。馨もそこで育ったので、大学進学を機に東京に出てからはずっと一人暮らしだ。仕事が忙しくなるにつれ、ただ寝に帰るだけの箱のような空間が息苦しくなっていたのか、広い部屋に越してみると、それだけで呼吸が楽になる気がした。睡眠時間も増えて身体そのものも軽い。マンションに続く路地の入口に深夜まで営業している惣菜店があったことも、嬉しい発見だった。

一年働いた後の、なんとなく思い立っての引っ越しだったが、縁というものを感じる。

郵便受けからダイレクトメールや請求書を抜き取ると、鞄と一緒に左手で抱えた。三階の自宅まで階段を上る気力も体力も残っていなかったので、速度の遅いエレベーターを待って部屋までたどり着く。スーツのポケットを探り、真新しい鍵を取り出してドアに差し込んだ。

玄関を開けると畳半分ほどのタイル敷きの三和土と短い廊下があり、右手にトイレがあるほかは正面にドアが一つ、その先はすぐに十畳程度のリビングになっている。寝室にしている洋間へも洗面所やキッチンなどの水回りへもそこを通って行くので、広さのわりに置ける家具は少ない。

小ぶりな食卓と椅子二脚、テレビの前のローテーブルと二人掛けのソファは、週末を利用して上京してきた姉と妹が選んだ。特別なこだわりを持たない馨をよく知っている二人が揃えたのは、いたってシンプルな標準品だ。ほかの家具類やファブリックも同様に任せたのだが、何を勘ぐったのかベッドだけはやや大きめのセミダブルを入れられた。

いずれにしても、あらたまった来客もない独居の身には十分過ぎる住まいだった。

郵便物をシューズボックスの上に置いて靴を脱いでいると、置き方が悪かったのか、バサバサと音を立ててタイルの上に落ちてきた。

「ああ…」

思わずため息が漏れる。のろのろとした動作で落ちたものを拾い始めた馨は、ふと手を止めて首を傾げた。

(なんだろう、これ…?)

見覚えのない丸い金属製と思しき板が、カタログや請求書に紛れて落ちていた。届け物にしてはパッケージもなく見た目もずいぶん古めかしい。誰が何を思って送ってきたのかも、想像がつかなかった。

今まで気付かなかっただけで、引っ越しの際に業者が置き忘れて行ったものが、シューズボックスの上に載せられたままだったのだろうか。

満足な答えが見つからないまま拾い上げると、板は意外に重かった。

大きさはＣＤケースに収まるくらいで、文庫本よりやや大きい。青銅か何かかと思われる金属面には蛇と竜を象った精緻な彫刻が施されていた。裏を返すと、欠けた鏡のようなものが隅に残っている。失われた部分は平らな窪みになっていて、その窪みに沿って両側に一組ずつ文字と思われるものが小さく刻まれていた。

（亜、礼…？　あれい…、でいいのかな？　もう一つはなんだろう…？）

もう片方は削るように傷つけられていて、文字らしいことはわかるが判読はできそうにない。

拾い上げた板と鞄を手にして廊下に上がると、今度はそこに鏡の一部らしき欠片が落ちているのに気付いて、馨は眉をひそめた。

今、欠け落ちたにしては奇妙だ。割れた音がしなかっただけでなく、落ちている欠片は失われた面の三分の一程度の大きさしかないのに、あたりを見回してもほかに欠片らしきものは見当たらない。

怪訝に思いながらも、やはり引っ越し業者が置き忘れたものが荷物のどこかに紛れていたのだろうと考え、欠片を拾い上げた。どのみち放っておくわけにもいかない。

水平にした鞄の上に、郵便物と一緒に載せてリビングのドアを開ける。

ソファの隅に鞄を置くと、まずは請求書とダイレクトメールを仕分けし、不要なものを処分した。次に馨はしげしげと奇妙な拾い物を眺めた。

青銅らしき金属は重さからしてメッキではないだろうし、割れ落ちた欠片も現代のものとは違って見える。透明でよく磨(みが)き込まれ、滑らかな表面には傷も歪みもなかったが、やけにひんやりとしていてどことなく硝子とは違う気がした。

端に残った部分に合わせて透明な欠片を当ててみると、かすかに熱を持ったように感じた。

次の瞬間、まるで溶け合うように、見る間に欠片は隣り合った部分とつながり始め、金属の窪みにピタリと貼り付いてしまった。鏡と一体になった欠片は、もう外すことができない。

「なんだろう、これ…」

驚きと疑問がないまぜになり、思わず声に出して呟(つぶや)いた。

その時、ふいに鏡の表面が波のように揺れた。

驚いて覗き込むと、深い水底を思わせる闇が嵌(は)めこんだ欠片の中に広がってゆく。その闇の底から、濃密な影が立ち上り始める。

「な、何…？」

影は馨の頭上を越えて、一本の帯となって流れていった。

「ぷはーっ」

突然、背後から声が聞こえた。背中がギクリと強張(こわば)る。

鍵はかけた。部屋に入れる者は馨のほかには誰もいないはずだ。

緊張と恐怖で振り向けずにいると、再び声がした。

「久々だったから、つい息止めちゃったぜ」

幼い声だった。

強張った頬のまま、馨は恐る恐る後ろを振り返った。

そこには七、八歳くらいの、きりりと整った顔立ちの少年が立っていた。どことなく山伏を思わせる奇妙な黒い着物を身に着けている。長めの黒髪が後ろで一つに括られているのがなんとなく可愛らしいけれど…。

「だ、誰…っ⁉」

馨は慌てて立ち上がり、ソファの後ろに立つ少年に問い質した。

少年は不遜な表情で、まっすぐに馨を見上げた。ほとんど睨むような目つきだ。その目は小さな身体からは想像もつかないほど鋭く、誇り高い野生動物を思い起こさせる。

幼いながら張りのある声で、少年は名乗った。

「俺は大牙だ。影御魂を統べる王。黒狼の化身でもある。この世で一番強いとスサノヲに認められた男だ」

黒狼、スサノヲ、という単語は頭に入るが、言われている意味が全く理解できない。影御魂という言葉に至っては、聞いたこともなかった。

「き、きみ…っ、あの…、大牙くん？　どうやってここに入ってきたの？　こんな夜中に、きみみたいな小さい子が、人の家で何をしてるの？」

馨を睨んだまま、大牙と名乗った少年は鷹揚に右手を上げて、ローテーブルの上の鏡を指差した。

「そこからだ。やっと通り抜けてこっちに来られた。俺たちはずっと水の裏側に閉じ込められていたんだ。この恨みは忘れないから、覚悟しておけよ。おまえら人間と亜礼が一緒になって鏡を壊したんだからな」

(あ、あれい…、亜礼…？　あ、さっきの鏡に…)

だが、手元の鏡に視線を落とすと、そこにあったはずの小さな二組の文字列は、まるで最初からなかったかのようにどちらも消えていた。

(どうして…)

亜礼というのは、人の名なのだろうか。「俺たち」とは彼と誰のことなのか…。水の裏側に閉じ込められたとか、鏡を通り抜けたとかいうのはどういうことだろう。

馨が問うと、不機嫌な様子ながらも、少年は一つ一つに答えた。

「亜礼は亜礼だ。おまえら人間の記憶を司る。俺の補佐役でもある。そして、俺たちというのは鏡の裏側に鎮められていた影御魂のことだ。人間どもが妖怪だの物の怪だのと呼んで遠ざける、負の感情を司る御魂だ」

「妖怪とか、物の怪…？」

「影御魂を見て、人間たちがそう呼んだ。妖怪、物の怪。あるいは怨霊だの悪霊だのと呼んで大騒ぎして祓ってやがったな」

そう言うと、大牙はぷいと横を向いてしまった。

「それって、もしかしてあの薄い影のこと？　トカゲやサルに似た…」

漆黒(しっこく)の目が再び馨に向き、探るような色を浮かべた。

「おまえ、こいつらが見えるのか」

大牙が軽く手を上げると、部屋の中に薄い影が現れた。

トカゲに似た者、サルに似た者、ブタを擬人化したような者、蛇のような舌を持つ者、溶岩を思わせる者、氷のような青白い姿を持つ者…。さまざまな姿をしているが、どの影も一様に粗末(そまつ)な着物をまとい、みすぼらしかった。

魑魅魍魎と呼ばれる物の怪たち。

今までに何度も目にしてきた物の怪たちが大牙の周囲に集まってくる。

「見えるのか」

馨は頷いた。大牙の目が眇(すが)められる。

「こいつらの姿を見て、怖くないのか？」

「怖くはないけど…」

答えながら、そうか、この子にも見えているのか、と思った。自分以外にも影の姿を見る者がいることが不思議だった。

物の怪たちの姿が少しずつ濃くなり、少年と馨を交互に見上げる。

影御魂、黒狼の化身というのが何かは未だによくわからないが、たった今、物の怪たちを呼び集めた大牙がただの少年ではないことは確かだ。

影御魂というのは、おそらく目の前にいる物の怪たちのことだろう。俺たちと言っていたので、大牙もそうなのだろうか。

「俺はこいつらの王だが、亜礼と同じで神と同等の存在だ。ただの御魂とは違う。人間に祀られることはないが、直霊が一柱、宿っている」

御魂、直霊、という言葉には、わずかながら聞き覚えがあった。少し前に神社関係の広告を担当した時に読んだ本の中に、そんな言葉があったのだ。

一霊四魂説というものについて解説した一文だった。簡単に言えば、神にも人にも、四つの魂とそれをコントロールする一つの直霊が宿るというもので、御魂は、荒御魂、和御魂、奇御魂、幸御魂の四つ。それぞれ、発展、やすらぎ、奇跡による幸福、日常の幸福を司る。

そこまで反芻して馨は首を傾げた。

「影御魂って、一霊四魂の四魂の中には、ないよね…」

馨の言葉に、大牙は再び怒ったような顔になり横を向いてしまった。

所在なさそうに大牙と馨を見上げている影たちは、さらに姿を濃くしていた。近くにいるからというだけでなく、今まで感じたことがないほどはっきりと存在している。

「あの、大牙…くん？」

「大牙でいい」

「大牙…、この子たち、いつもより姿が濃いように見えるけど…」

手を伸ばすと、一番近くにいたサルに似た物の怪が馨の指先をぺろりと舐(な)めた。

「うわ…っ」

「カエン、控(ひか)えろ」

大牙の言葉に、サル形の物の怪が身を竦(すく)める。悲しげに俯(うつむ)くのを見て、馨は慌てて弁護した。

「ごめん、大丈夫だよ。触れるとは思わなかったから、ちょっとびっくりしただけ…。おいで…、ええと、カエン？」

馨の手の先に、カエンと呼ばれた物の怪——影御魂が、おずおずと進み出た。少し躊躇(ためら)いながらも、馨がその頭を撫でてやると、安堵(あんど)の気配が漂う。

「こんなにはっきりと実体があるなんて…」

触れられるほど濃い姿を見るのは初めてだった。驚いている馨と心地よさげに身を委(ゆだ)ねるカエンの様子を、大牙はじっと見ている。その気配が少し和(やわ)らいだ。

「鏡が一部戻って、抜けられなかった気が出てきたからだ。気が多く集まれば影は濃くなる」

大牙が言うには、今まで馨に見えていたのはこちら側に取り残された一部の気や、狭いところからも通り抜けられる小さい気だけだった。影御魂となる気は水面の裏側に棲(す)み、そこと表側との出入りを司るのが、たった今大牙が通り抜けてきた水面鏡(すいめんきょう)なのだそうだ。

王である大牙のような大きな気は直接水面鏡を抜ける必要があるが、普通の影御魂は川や湖、小さな池、沼、場合によってはただの水たまりからでも出入りすることができる。水面鏡はそれら全ての水面の象徴であり、鍵のような役割をしているらしい。

(水面の裏側…)

浅い眠りの底から水面を見上げるように外の世界を見ていた記憶が、一瞬よみがえった。事故の後の、目覚めるまでの間の記憶だ。

「それは、亜礼の力を宿して造られた神鏡だ。でも亜礼と人間が鏡を壊して俺たちを閉じ込めた」

また「亜礼」だ。亜礼というのは人の名のようだが、大牙の友だちなのだろうか。鏡に力を宿しておきながら、割ったのも亜礼というのは妙だ。

これに対する大牙の説明は曖昧(あいまい)だった。

「亜礼が直接割ったのかはわからない。何かしたのは人間のほうだと俺は思ってる。いつだって人間は俺たちを嫌うからな」

ただ、鏡を割るためには、人間と宿り神、両方の力がいるはずだから、亜礼が関係していることは確かなのだと大牙は言う。

よくはわからないが、とにかく鏡が割れたことで、大牙たちの棲み家である水の裏側とこちら側との出入りが不自由になっていたが、鏡の一部が戻ったことで、今までは通れなかった大牙や少し大きな気も通れるようになったということのようだ。

いろいろと不思議な話だが、大牙や影御魂たちを目の前にして聞けば、信じるほかないような気がした。

「大牙もこの子たちの仲間ってことは、水の裏側に棲んでいるの？」

「そうだ。俺はそいつらの王だからな」

「へえ…。小さいのに偉いんだね」

感心して言うと、大牙の目が鋭く光った。

「ちょっと待て。おまえ…」

「澄江馨」

「馨、おまえ、この姿を俺の本来の姿だと思っていないだろうな。さっきも言ったが、俺はスサノヲに認められてこいつらを統べている影御魂の王だ。本体は黒狼で、とにかく強い。それにすごくカッコイイ」

なんだか一生懸命になって自分を「強い」「カッコイイ」と言う大牙が可愛かった。思わず笑みを浮かべると、大牙はさらにむきになって言い募る。

「信じていないな。だったら、本来の俺の姿を見るか？」

「うん」

「よし。今、変化するから見てろよ」

久しぶりなので、最初は形を掴むのに集中力がいると言って、大牙は目を閉じた。顎をわずかに上に向け、両手の拳を握り締めた姿勢で息を止めて唸る。そして、カッと目を見開いた。

ポン！　と、子ども向けアニメ番組などでタヌキが化ける時に使われる効果音が聞こえた。

確かに大牙は変化していた。馨は眼鏡を外して、その姿をゆっくりと眺めた。

「可愛い…」

「何っ!?」

黒髪から尖った黒い耳が生え、着物の後ろには黒いしっぽが揺れている。仕事の疲れも、悪意を向けられた悩みも、一気に吹き飛ぶ癒やしのビジュアルだ。

大牙は慌てて自分の身体中を触り、変身具合を確かめた。

「違う！　これは、まだ気が足りてなくて、完全じゃな…」

「そうなの？　でも、すごく可愛いよ？」

少し触らせてと頼んでみたが、じりじりと後退りながら大牙は逃げてゆく。空いていたドアから洗面所に逃げ込む大牙の後を馨はついて行った。そして、鏡の前でゆっくりと捕まえた。

「ほら」

頭に黒い耳を生やした小さな男の子を背中から抱き締め、鏡越しににっこりと笑いかける。

頬を真っ赤に染めた大牙は、目元まで潤ませて必死に抗議した。

「ほ、本当の俺は、もっとでかいし、男らしいし、もっともっと、すごくカッコイイんだからな！」

うんうん、と頷きながら、この可愛い影御魂の王と、もう少しいろいろな話をしたいと思った。この後どうするのかは知らないが、このまま会えなくなるのは少々寂しい。

「出入りできるようになったなら、大牙もみんなも水の裏側の棲み家に帰るの？」

名残惜しいが、時間もだいぶ遅い。明日も仕事があるので、馨ももう休まなければならない。けれど、次にまた出てくることがあったら、是非もう一度訪ねて欲しいと伝えたかった。

だが、洗面台の鏡越しに、大牙は神妙な顔で眉根を寄せた。

「いや。今はまだ帰れない。出てくる時は通り抜けられる大きさの気なら簡単に出られる。でも、戻るには完全な鏡がないとダメだ」

だが、鏡はまだ半分以上失われている。

「たぶん、水面鏡は二つに割れたはずだ。だから残りの欠片はあと一つだと思う」

けれど、その一枚のある場所がどこかはわからないようだった。

残りの欠片が見つかるまでの間、影たちは気を散らして漂うだけなので問題ないと言う。鏡の一部が戻ったことで少し数は増えているが、基本的には今までと同じで、人の心に悪意があれば集まって気を濃くすることもあるが、ふだんは空気の中に溶け込んで気配もしなくなるらしい。

「大牙もそうするの？」

「俺は、気を散らすのが好きじゃないから、その辺で野宿でもしながら残りの欠片を探す」

「野宿…。そんな。だったら…」

ここにいればいいと馨が言いかけた時、どこからか高い笑い声が聞こえた。馨は驚いてリビングを覗いた。

『気を散らすのが好きじゃないんじゃなくて、下手なだけだろう』

「亜礼！」

「え…？　どこ？」

声と気配は感じるが、亜礼と呼ばれた相手の姿は見えない。

『ずいぶん久しぶりだね、大牙。影御魂が僕を探しに来たけど、どうかした？』

声だけの相手に大牙が噛み付く。

「何、とぼけたこと言ってるんだよ。誰のせいで、ずっとあっちにいたと思ってるんだ」

『誰のせいって？』

「おまえ、なんで鏡を割ったりしたんだよ」

『…なんのこと？』

怪訝そうな声がしたかと思うと、気配が一度遠ざかる。

少しすると、また声だけがどこからか聞こえてきた。

『今、ちょっと忙しいんだ。明日にでもそっちに行くから待ってて』

「だったら俺が行く。どこにいるんだ」

『来なくていいよ、かえって遅くなるから。それよりそこを動かないで。大牙が動き回ると僕の負担が増える』

それだけ言うと、気配とともに再び声は消えてしまった。

「相変わらず勝手なやつだな」

「今の声の人が、亜礼くん…？」

口先を尖らせたまま、大牙が頷いた。

「大牙、亜礼くんも言ってたし、今日はここに泊まれば？　きみみたいな小さい子が野宿してたら危ないし、もしかしたらおまわりさんに連れていかれちゃうかもしれないよ？　きみさえよければ、しばらくいてくれても構わないから」

「しばらくってどのくらいだよ」

「とりあえず明日まではいなきゃだし、欠片を探して鏡を元に戻すなら、見つかるまでの間ここにいていいよ？」

「どこにあるかわからない。見つけられるのがいつになるかも、わからないんだぞ」

「いつまでだって、いていいよ」

ふだんの馨なら、他人を、それも会ってすぐの相手を、何日も家に泊めたりしない。だが、大牙ならば影御魂が見えることを隠す必要もない。そのことで馨だけが気を遣い、疲れてしまう心配もなかった。

それに、とても不思議だが、馨自身が出会ったばかりのこの少年にそばにいて欲しかった。

誰にも言えずにいた特殊な目のことを隠さなくていい。それだけで、心のどこかがすっとほぐれて軽くなる気がしたのだ。

「そうと決まったら、今日はもう遅いし、急いでお風呂に入って寝ようね」

年の離れた弟でもできたような嬉しさが胸に満ちてくる。

面倒くさがる大牙を風呂に入れ、頭を洗ってやる。湯が入るのを嫌がって獣の耳は引っ込めてしまったが、心地よさげに目を閉じてシャンプーされている様子がどこか犬を連想させた。

一つしかないから一緒で我慢してねと言ってセミダブルのベッドに押し込むと、すぐに大牙は寝息を立て始めた。

眠ると再び、勝手に耳としっぽが生えてきた。

そのあまりの可愛さに、馨はしばらく笑みを浮かべて眺めていた。耳に触れると、むずかるように大牙の寝顔がしかめられた。それでもつやつやとした後ろ側の毛を撫でていると、小さな手が伸びてきて馨の手を払う。仕方なく、そこで手を止めた。

温かい身体を腕に抱いて隣に横たわる。洗い髪に鼻を寄せると、シャンプーの香りに混じって日向(ひなた)の匂(にお)いがかすかに漂った。

その香(か)を吸い込みながら、いつになく優しい気持ちになって馨は目を閉じた。

翌朝は、いくら起こしてもなかなか起きない大牙をなんとか起こし、簡単な朝食を食べさせ、出かける時にはきちんと鍵をかけるよう言い聞かせて、慌ただしく家を出た。

まだ半分寝ぼけたような顔で、黒狼の化身である少年は殊勝(しゅしょう)にも玄関まで見送りに出てきた。ただぼんやりと後をついてきただけかもしれないが、昨夜眠った後に生えた耳としっぽはそのままに、じっと馨を見上げる姿にひどく後ろ髪を引かれ、おかげであやうく電車を逃しそうになった。

子どもを抱えた親の大変さを想像してしまう。

混み合う朝のエレベーターに駆け込み、上昇する箱の中で零(こぼ)れてしまう笑みを隠して顔を俯ける。胸のあたりが温かいようなくすぐったいような気分になるのが不思議だった。

それでも、ドアが開き所属部署へと続く廊下に足を踏み出す頃には、心の中心にあった温かさを片隅に寄せて気持ちを引き締め直した。

ただでさえ追うのが精いっぱいだった仕事が、今日からさらに忙しくなる。新事業の担当になったといっても、これまでの仕事を誰かが替わってくれるわけではないのだ。

午後には早速オリエンテーションがあり、加納とともに寶水酒蔵の東京支社に向かった。年代物だがしっかりとした造りの四階建てのビルだ。レトロな窓のある会議室に通されると、すぐに説明が始まる。

「こちらが正式な商品パッケージになります」

広報担当者がテーブルに並べたのは、化粧品のボトルやケース類などだ。全てが白と淡いラベンダー色で統一され、ゴールドのラインが一筋、口紅のキャップや瓶(びん)の縁を彩(いろど)っている。

馨にとって、化粧品はふだんあまり目にする機会がない商品だが、その馨が見ても素直に綺麗だと思えるデザインだった。

「珍しい色だな…」

加納が呟く。確かにあまり見かけない色かもしれない。少し寂しそうでいて、温かいラベンダーの色合いが印象に残る。

次に、日本酒や化粧品について開発担当者からの簡単な情報提供があった。科学的な内容は省略され、日本酒に美肌効果があること、杜氏の手がしっとりとして美しいのもそのせいであることなどが伝えられる。

オリエンテーションの後、寶水酒蔵の会議室を出ながら馨は加納に告げた。

「さっきの説明は、酒造会社ならではのプラス要素になりますよね。コンセプトにするのにいいと思いました」

「ああ。だが、それだけを推してもありきたりだ。それとな…」

少し考えながら、加納は言う。

「酒蔵のイメージが強くなり過ぎないほうがいい」

「どうしてですか？」

「酒の会社がついでに造った化粧品。そういう印象にしたくないんだよ」

寶水酒蔵は、酒造業と分離した本格的な化粧品メーカーを立ち上げようとしている。酒蔵の名前はいずれ意味をなさなくなるだろうし、そうならなくてはおかしいのだと加納は言った。場合によっては邪魔になるようでなければとまで言われて、馨は硬質な横顔を見上げた。

「独立した、新しい化粧品ブランドとしてのイメージを打ち出すべきだ」

改めて、この上司の下で今の仕事ができることをありがたく思う。同時に、やはり企画は難しいものだと感じた。

親会社のネームバリューや業種の特徴、そういったすぐに思いつくものからは、ありきたりな広告しか生まれない。とはいえ、何を核に据えればいいのか、どんなイメージを打ち出すべきなのか、すぐには摑めそうになかった。

腕時計を見て、馨は慌てて階段室に足を踏み出した。

「次の打ち合わせがありますので、もう行きます」

「おう」

古い階段を駆け下りる馨の背中に、加納の声が届く。

「おまえの広告マンとしての第一歩だ。この仕事に就いた意味を問うようなものを作れよ」

振り向いて「はい」と言いかけた。広告に情熱をかける者ならば、今回のような仕事にこそプレッシャーとともに大きなやりがいを感じるはずだ。厳しい競争を制して白香社に入社する者の多くが望む仕事の形だろう。

馨も精いっぱいの努力をしたい。よいものを作りたいと思う。

けれど…。

（いいのかな…）

目の前には光と同じ量の影が差している。心の片隅に仄暗い闇が張り付いているのに気付いて、馨は黙って頭を下げた。そしてそのまま、闇の正体から目を逸らして、寳水酒蔵の建物を後にした。

青に変わった信号を渡り、先を急ぐ。雨は上がっていたが、空には相変わらず重い綿のような灰色の雲が広がっていた。

薄い墨絵のような世界の中に、淡い紫色が浮かび上がる。大通りに面した寺院に咲く紫陽花の花が目に入った。どこか寂しそうなのに温かな色合いが、湿った空気の中に静かに佇んでいた。

ふと思いついて、馨は制作部に籍を置く旧知のカメラマンに電話を入れた。

父の後輩だった人で、馨たち一家が東京を離れた後もずっと連絡を絶やさず、何年かに一度は遠い地方まで焼香に訪ねてくれた人だ。馨が白香社に入社すると、とても喜んでくれた。

年は四十過ぎで馨よりだいぶ上だったが、相手の気さくな人柄と、子どもの頃から世話になっている気安さのおかげで、話がしやすかった。

「あ、仲村さんですか。お忙しいところすみません」

二言三言、言葉を交わした後で小さな頼み事を口にした。

「気が向いたらで構わないんですけど、紫陽花の画を、少し撮っておいていただいてもいいですか？」

今のところ仕事上の話ではなく、特に使う当てのない画像であることをあらかじめ断っておく。ただ、この季節にしか手に入らない画であり、今年の紫陽花が特に綺麗に咲いているからと控えめに言うと、相手は心安く「気が向いたらな」と了承してくれた。

天気は一日中、雨が降ったり止んだりとはっきりしないままだった。

社内でしかできない作業を終えると、寶水酒蔵の資料のうち持ち出せるものを鞄に詰め、いつもより早い時刻に家路に就いた。次のミーティングまでにテレビコマーシャルや広告類の基本方針案をまとめなければならない。まずは根幹となる部分を決める必要があった。

通常業務の合間に進めることを思えば時間との戦いだが、時間さえあればできるというものでもない。頭で考えるだけではなく、感覚の全てを動員して、閃く「何か」を見つけなければならない気がした。心の一部が、常にバックグラウンド処理で寶水酒蔵の案件を練っている状態になる。

自宅の最寄り駅で電車を降り、傘を広げながら大牙のことを考えた。

今朝、食事の心配をする馨に、人とは違うので食べなくても死なないと大牙は言った。だが、見た目が八歳程度にしか見えない大牙を一人で待たせているのは、やはり心配だった。少しでも早く帰って様子を確認したい。

マンションの近くの惣菜屋に寄り二人分の夕食を買い求める。馨自身がこのところ忙しさにかまけておざなりな食事をしていたことに思い至り、ついでに少し反省した。

傘と鞄と野菜中心のメニューが詰まった袋を下げ、遅いエレベーターは待たずに三階までの階段を駆け上がった。

「大牙、一人で大丈夫だった？」

リビングのドアを開けた馨は、しかし、ノブに手をかけたままその場で立ち止まった。

見知らぬ男が大牙と並んでソファに腰掛け、テレビのニュースを見ていたのだ。部屋の中には、妙にくつろいだ空気が流れている。

ローテーブルには特上と思われる寿司(すし)の桶(おけ)が半分ほど摘(つ)まんだ状態で置かれ、その脇にはペットボトルのお茶が三本載っていた。二本は減っていて一本は未開封だ。テーブル横の床の上には何やら立派そうな日本酒も待機している。

「遅いから、先に始めたぞ」

片膝を立て、抱え込んだ袋からポテトチップスを摑み出してバリバリ嚙みながら、耳としっぽを生やした大牙が言った。行儀の悪さが気になったが、それよりも、隣の男が誰か聞くのが先だ。

白い麻のクラシカルなスーツに身を包み、長い黒髪をさらりと肩にかけている。やや変わった風情(ふぜい)だが、端整(たんせい)で上品な面差しのほっそりとした青年だった。年は馨よりいくつか若そうに見えた。ちょうど二十歳くらいだろうか。

誰何(すいか)する前に青年が名乗った。

「こんにちは。…こんばんは、かな？　僕は、亜礼。声だけなら昨日もお邪魔したけど、一応、初め

まして」

落ち着いた挨拶につられ、馨も思わずふだん通りに答えていた。

「初めまして。澄江馨です…」

短い沈黙が落ちる。何か、ほかに聞くべきことがあった気がするが、言葉は迷子になったまま戻ってこなかった。

大牙は相変わらず、ポテトチップスをバリバリ嚙んでいる。とりあえずそちらも気になり、馨はしかめた顔を作り、母親のような口調で注意した。

「大牙、お菓子はごはんの後。それと、ソファの上で膝を立てない」

「ん？」

一瞬驚いたように馨を見た大牙だが、すぐに言われた通り菓子の袋を置いて膝を下ろす。

「これでいいか」

「うん。いい子」

「でも、菓子を食ってたのは馨が遅いからだぞ。亜礼は寿司を取っておけってうるさいし、腹は減ってるし…」

「食べなくても死なないんじゃなかったの？」

「死なないけど、腹は減る」

そうなのか。馨が黙ると、大牙の隣で亜礼が噴き出した。

「大牙、人間嫌いのきみにしては、すごく素直なんだけど…」

クックッと笑う亜礼に大牙は真面目(まじめ)な顔で言う。

「馨はギギやカエンたちにも優しいから、仲間だ」

「へえ…」

どこか値踏みするような亜礼の視線が向けられた。

「馨、か…。きみには影御魂も水面鏡も見えるって聞いたんだけど、向こう側に行ったことがあるってこと?」

「向こう側?」

「水面の裏側。水の事故に遭(あ)ったことがない?」

「あ…」

幼い日の記憶が、胸の痛みとともによみがえった。

「ごくたまにだけど、水面の裏側に迷い込んだ後、表に戻ってくる人間がいるんだ。そういう人間は、鏡や影御魂の姿を見ることがある」

そうだったのかと思うのと同時に、かすかな希望が生まれた。

「…それって、僕のほかにも、同じような経緯で影御魂たちが見えるようになった人がいるってこと?」

「うん。数百年に一人か二人くらいだけど、これまでにも何人か見える人間に逢(あ)ったことがあるよ」

「数百年に、一人か二人…」

聞かなければよかった。希望はすぐに小さくしぼんでゆく。

事故に遭っても必ず水面の裏側に迷い込むわけではないからと亜礼が続ける。迷い込んだ後、そこから戻ってくる者はさらに少ない。多くの場合、命を落としてしまうからだと聞いて、馨は床に視線を落とした。

濁流にのまれ、息ができずにもがきながら、手を伸ばした。その先にあったはずの父の手と、同じように苦しかっただろう父の顔が浮かびそうになり、ぎゅっと目を閉じて首を振る。

思い出したくない記憶だ。息を殺すように黙っていると、父の姿は静かに脳裏を離れていった。

その場に立ち尽くす馨に、大牙が近付いてきた。

「馨。どうかしたのか？」

心配そうに見上げる黒い瞳を見つめ返して、なんでもないと首を振った。どうにか微笑んでみせると、ピンと立てた黒い耳がかすかに震える。

「そうか。ごめん…。その事故で、お父さんを亡くしたんだね」

馨は視線を上げた。

「どうしてそれを…？」

「僕は、そういう存在だからね」

この世で起きたこと全てを記憶し、必要になればその記憶を引き出す。それが亜礼の役割なのだと言う。

「記憶が膨大過ぎて、ふだんは敢えて忘れておくけど」

「すごいんだね…」

思わず落ちた呟きに、亜礼はまんざらでもなさそうに微笑んだ。

そして、視線をテーブルに向けて、明るく言った。

「さてと。それじゃあ、これで決まりだね。大牙」

ポンと一つ手を打つと、亜礼はテキパキした調子で大牙に指示を出す。

「お皿並べていいよ。お寿司も盛っちゃおうか」

「おう。馨、嫌いなものはないな？」

亜礼の指示で、大牙が紙皿に特上寿司を取り分け始める。慌てて食器を出そうとする馨を亜礼が制した。

「いいから座って」

「でも…」

「そうと決まったからには、早速、宴のやり直しをしなくちゃ」

何が決まったのか、なんの宴なのかと聞く馨を亜礼はとにかくいいからと座らせる。

「ほら、これ」

目の前に出された酒を見て、馨ははっと目を見開いた。

「こ、これ…っ、竇水酒蔵の幻の名酒、最高級大吟醸『華和泉』…」

「へえ、詳しいね。価値のわかる人間に出会えてよかったよ」

価値がわかるわけではない。まだ抱えたままの鞄の中の資料で目にしたばかりなだけだ。

「だけど、これ…、亜礼くん。こんな高いお酒とお寿司、どうしたの？　きみも大牙たちみたいな気だって聞いた気がするんだけど、まさか悪いこと…」

「失礼だな。僕は記憶を司る気なんだよ。長い間、人間が歴史を記録するのにも手を貸してきた。その時々の政治の中心にいた人たちの手助けもしてきたし、歴史書の編纂なんかに携わったこともある。今だって記憶のデータベース化に協力してるんだから」

「データベース化…？」

そんなハイテク事業にも従事しているのか。

「とにかく、昔から偉い人の手助けをしていて、わりと高給取りだったんだよ。だから、奈良や京都にはちょっとした財産があるし、こっちに出てきてもこのくらいのものを買うお金は持ってる。だいたい神と同等の気を持つ僕が悪事を働くわけないでしょ」

「そ、そう…。なら、いいけど」

馨と亜礼のやり取りを見ながら、大牙がいそいそと紙皿を追加する。

「話がついたんなら早く始めようぜ。馨もそれ、何か食い物買ってきたんだろ？　出せよ」

亜礼の持参した品に比べるとやや地味だったが、野菜も重要なので一緒に盛り付ける。山芋とオクラのサラダを嫌がる大牙を亜礼が笑った。

「それ苦手なのか」

「だって、なんかネバネバしてるぞ」

紙皿ごと亜礼に押し付ける大牙に馨はため息を吐いた。ネバネバは身体にいいと思ってわざわざ入れてもらったのだが、大牙は食べないようだ。

幻の大吟醸が紙コップに注がれる。

ワンルームから越したばかりでたいした食器はないが、それでも紙コップよりは…とグラスを取りに行こうとするのを、いいから、とまた亜礼が袖を引いて座らせた。

「それで、これはなんの宴なの？」

「亜礼と俺の再会を祝して、あと俺たちと馨との出会いを祝しての宴だな」

「そう。それらを祝して、乾杯！」

亜礼の音頭で、大吟醸の紙コップがカサリと合わされた。

大牙と亜礼はソファから床に下り、胡坐をかいて楽しそうにテーブルを囲んでいる。時おりちらちらと、姿を濃くした影たちが珍しいものを見るように覗き込んできた。

（まあいいか…）

諦めて馨も腰を落ち着けた。銘酒を一口含むと、ベタつくほどの甘口なのにスッキリとした果物のような味わいが舌の上に広がった。思わず紙コップを凝視してしまう。さすがに美味い。

だが、ふと見ると、嬉しそうに紙コップを傾けている大牙の姿が目に入った。

「大牙、子どもはお酒飲んじゃだめだよ」

手を伸ばすと、それより先に大牙が一気に紙コップを呷った。

「あ、こらっ」

「俺、子どもじゃないぞ。今はこんなだけど、本当の姿は亜礼や馨よりずっと大きくて男らしいんだからな。馨なんか、俺の本当の姿を見たらクラクラして一目ぼれするはずだ」

「男が男にクラクラも一目ぼれもしないから。本来の大牙がどうでも、今は身体が小さいんだから飲むのはやめなさい」

「やら。飲む」

ぷはっと息を吐いた顔が、見る間に赤くゆで上がってゆく。それ見たことかと思うが、もう遅い。それでも大牙は、しばらくの間へらへら笑いながら寿司を摘まんでいた。やがて頭がゆらゆら揺れ始め、間もなくそれが馨のほうへと傾いてきた。

ころんと転がるように膝の上に頭が落ちてくる。仰向けにして落ち着かせると、大牙は安心したようにほっと息を吐いて寝息を立て始めた。

「…やっぱり、子どもだ」

亜礼が笑う。

「まあ、今は気が足りてないからふだんより眠いんだろうね。その大きさじゃ無理もないんだ」

大牙の身体は、特に人や獣に近く、常に気が濃いのだと亜礼が説明する。黒狼と人、二つの姿を持つために気の状態が少し複雑で、一度形を結ぶと解くのを嫌がるらしい。

「神や御魂は本来姿形を持たないんだよ。たくさんの気を一所に集めた時だけこんなふうに姿が形作られる。神とか霊とか、あるいは物の怪、妖怪と言うのは、こういう状態の僕らを目にした時に人が名付けたものだろうね」

亜礼の説明に、馨は膝の上にある黒い耳の生えた頭を見下ろした。

「気が実体を持つって、なんだかすごいね…」

「うん。今の僕もそうだけどね。こいつらも…」

顔を上げると、亜礼が何もない空間に声をかけた。

「ギギ、ちょっとおいで」

トカゲに似た姿がぼんやりと現れる。

「こうして気を濃くすると、こいつの姿は馨にはもう見えていると思う。もっと濃くなれば、普通の人間にも見える。さらに気を集めれば実体を持つ。触れるくらいにね。そうなると、もう生き物と同じだ」

「ああ、うん」

昨夜(ゆうべ)、カエンと呼ばれたサルに似た子を触ったのを思い出す。今も手を差し出すと、ギギというトカゲの物の怪は姿を濃くして遠慮がちに馨に近付いてきた。

触れると乾いた爬虫類(はちゅうるい)の皮膚(ひふ)の感触があり、軽く撫でてやると心地よさそうに目を細める。

その様子をじっと見ていた亜礼は、ギギを下がらせると馨の膝枕で眠る大牙を見下ろした。

「大牙はずっと実体を持った状態でいる。この身体はほとんど人と同じなんだ。食べるし眠るし、トイレにも行く。黒狼の時もそうだね。ほかの動物たちと同じような暮らしをする。傷を負えば血も流れるし…。違うのは、よほどのことがない限り死なないということくらいかな」

亜礼の話を聞きながら、膝に感じる重みは確かに生身のものだと思った。尖った耳に触れないようにさらりと黒髪を撫でると、額(ひたい)の真ん中に古い傷痕(あと)が覗いた。すっかり塞(ふさ)がっているが、比較的大きなものだ。

傷を負えば血も流れる…。

これほどの痕を残す傷を負ったのなら、さぞ痛く辛(つら)かったことだろう。

馨の手元を見ていた亜礼が、その考えに呼応(こおう)するようにぽつりと言った。

「大牙は、人が嫌いだ」

「え…?」

「馨のことは仲間と認めたらしいけど、ほとんど憎んでいると言ってもいい」

「…この傷のせい?」

「それも要因の一つだね」

斜めに走る傷痕にそっと触れると、中央に集まる皮膚が厚かった。かなり深い傷だったのではないだろうか。

「その傷は、スサノヲの剣を受けた時に負ったものなんだ。五つの御魂のうち影御魂だけを滅ぼそうとした人と神たちに抗って、大牙はスサノヲと対峙した」

八岐大蛇を倒した後、スサノヲは人間たちの願いで邪悪とされるものを全て滅ぼそうとしたが、大牙はそれに抗った。人が忌むだけで、影御魂たちが悪いことをするわけではない。影御魂も、もともとは人の心の一部を分けた存在なのだと言って。

「その時の大牙は山に宿る物の怪神の一柱に過ぎなかったんだけど…」

大山一つを預かるとなれば、大牙も神としては決して小さなものではなかった。だが、スサノヲが相手では格が違い過ぎる。

黒狼の姿になった大牙に、邪魔をするならば一緒に切るとスサノヲは言った。それでも、大牙は引かず、スサノヲの剣を受けた。額から血を流しても倒れず、影御魂たちを滅ぼすなと繰り返す大牙に、スサノヲのほうが折れたのだと亜礼は言う。その力と矜持を認めて、大牙に影御魂の統治を託すことで話をつけたのだと語った。

「それで、影御魂の王に…」

「うん」

大牙の山には新しい神が据えられ、影御魂の王となった大牙は、人から神として祀られることはなくなったという。

「それは、大牙への罰なの？」

「どうだろう。スサノヲにその意図はなかったと思うけど、人にはそう見えるかもしれないね」

ふと、亜礼も人に祀られていないのではなかっただろうかと思った。

大牙は、自分のことを『亜礼と同じで、神と同等の存在だ』と言っていた。そして、その後に『祀られることはなくとも、直霊が一柱宿っている』と言っていた気がする。

「その時から僕は大牙の補佐役になった」

それで、亜礼も祀られなくなったのだろうか。けれど…。

「どうして亜礼くんが…？」

神様の世界のことはよくわからないが、記憶を司る亜礼が影御魂の王である大牙を補佐するというのは、なんとなく不思議な気がした。

「亜礼くんが、大牙の補佐役になったのはなんでなの？」

「え…？」

なぜか、驚いたような顔で亜礼は馨を見た。

「そうだね…。なんでだろう」

必要ならなんでも思い出せるのではなかったのだろうか。馨はやや訝しく思った。

そのまま亜礼はしばらくぼんやりと遠くを見ていた。カウンターの上に置かれた鏡が、コトリと小さく音を立てる。

「…でも、補佐役っていうのは体(てい)のいい見張り役のことだからね。大牙たちのことも記憶するっていう名目で与えられた役目だと思う」

頷きながらも、馨はわずかな引っ掛かりを感じた。全てを記憶する神様にしては、歯切れが悪いような気がする。記憶する内容にもランクや例外があるのだろうか。

「いずれにしても、大牙は人に祀られなくなったことなんか、たいして気にしてないと思う。もともとが自然神で、あの時代だとそれほどはっきりと祀られていたわけじゃないしね。影御魂の王になったことにも満足してるだろうし…。ただ…」

もう一度、亜礼は馨の手元を見た。

「大牙は、影御魂を嫌って遠ざけようとする人間の態度が許せないんだと思う」

「さっき…、人と神は、五つの御魂のうち影御魂だけを滅ぼそうとしたって言ってたけど、五つの御魂っていうのは、一霊四魂説の四魂と影御魂を合わせた五つってことでいいの？」

「うん。もともと御魂は今で言う四魂と影御魂を合わせた五魂だった。その中で影御魂だけがほかの四魂と分けられたんだ。ずいぶんと昔、神代(かみよ)の始まりとほぼ同時期に…」

そんなに昔に…。馨は驚きながら亜礼の話を聞いた。

「穢(けが)れ、と呼んで封じようとしたのが始まりだよ。それほど神も人も、自分たちの中に潜(ひそ)む悪意と邪気とを恐れたんだろうね。実際に、邪心は災(わざわ)いをもたらすし」

自分たちの心から生じたはずのそれらが災悪をもたらすことを忌んで、人は何かのせいにしようとした。そして、影御魂にその役目を担わせ「穢れ」と呼んで遠ざけたのだ。

「そんなことが…」

ローテーブルに置かれた馨の紙コップに、亜礼が吟醸酒を注いだ。手を伸ばそうとして、わずかに身体を倒すと膝の上の大牙が目を開けた。

「…亜礼、なんで鏡を割ったんだ」

「あ、起きた？」

「大丈夫か？」

同時に気遣う馨と亜礼には答えずに、大牙は問いを重ねる。

「おまえが割ったんだろう？　人間と一緒に…」

起き上がり「騙（だま）されたのか？」と聞く大牙に、亜礼は何も答えなかった。キッチンのカウンターの上の鏡を振り返り、立ち上がる。

亜礼は割れた鏡を見下ろし、眉間にかすかな皺（しわ）を寄せた。

「この鏡は、人と神、双方の力を宿して造られた」

穢れと呼ばれて人や神から切り離された影御魂は、自由に動き回る気として存在し始めた。気が集まれば姿形を持つようになる。それがやがて人の目にも触れるようになり、物の怪として恐れられるようになった。その一掃を最初に試みたのがスサノヲノミコトであり、大牙がスサノヲから影御魂を預かった後は、しばらくは平和に共存していたという。

変化が起きたのは、平安時代のことだった。呪いや祈禱によって影御魂の力を使う技が生まれたことがきっかけだった。

「影御魂たちはもともと自由気ままなところがあるし、ふわふわして自分でもどうしたいのかわかってないようなところがあるんだ。数も多いし、あちこちで人の呪術によって呼び集められれば、大牙が抑えていても限界がある」

集められた気が姿形を成して京の町を跋扈した。百鬼夜行などの現象は実際に、それも頻繁に起きていたことだと聞いて馨は驚いた。陰陽師が呼ばれ祓うこともあったが、後から後から現れるので手に負えなくなったのだという。

「それで、この鏡は造られた。世の中に溢れた影御魂たちを、水面の裏側に鎮めるためにね」

造ったのは妖狐と人間の血を半分ずつ引く陰陽師だったという。

「もともと影御魂は人にも神にも宿る御魂のうちの一つだから、影御魂を鎮めるには、人と神、両方の力が必要だった。だから、その男と僕の力を使ったんだ。鏡を扱う時には必ず、割る時にも直す時にも、人と神、両方の力がいる」

ここまで聞いて、馨は首を傾げた。

「でも、昨日の欠片は…」

鏡を扱うには人と神の両方の力がいると亜礼は言うが、昨晩は馨一人で欠片を置いてもつながったのだ。

馨の疑問に、亜礼がわずかに眉を寄せた。その手の中で鏡がかすかに震え、どこか迷うように亜礼は視線を伏せてしまう。

馨は大牙に聞いた。

「鏡が割れたのって、いつなの？」

「んー、四百年くらい前…」

「よ、四百年!?」

思いがけない答えに大牙の顔を凝視した。閉じ込められていたと聞いた時には、長くてもせいぜい数日のことだと思っていたのだ。

「その時からずっと、大牙たちは鏡を通り抜けられないでいたの？」

そうだぞ、と大牙はふくれた。

そんなに長い間、大牙たちは向こう側で、どうやって暮らしていたのだろう。鏡はなぜ今になって現れたのだろう。立て続けに生じた疑問を口にすると、大牙はのんびりと答えた。

「どう暮らしてたって、向こう側にいる間は鎮められているんだから、特に何もしない。だから、世界っていうよりただの棲み家だって言ったんだ」

「鎮められているっていう状態が、よくわからない…」

「簡単に言えば、ただ眠ってるのと似たようなもんだ。こっちで寝る時の感じで言うと、熟睡っていうよりも昼寝の時に近いな。もっと浅いくらいか…。寝てても、あっちの世界で起こることやこっち側の様子はなんとなくわかる」

その感覚は馨にも覚えがあった。幼い頃の、事故の後の昏睡状態の眠りに似ている。

「なんか俺、まだあっちにいっぱい気があるから、眠いし…」

大きな欠伸をする大牙に、それでよく寝るのかと思った。それにしても、気の遠くなるような長い時間だ。

「四百年も…」

だが、神様たちにとってはそうでもないらしい。物思いから覚めた亜礼は、なんでもないことのように言う。

「僕たちにとってはそれほど長い時間じゃないんだよ。まあ、短くもないけど」

「全然、短くなかったぞ。鏡が割れるまでは、気になることがあるとあいつらも俺も気軽にこっちに出てきてたんだ。それなのに、急にそれができなくなって、いつ出られるのかもわからなくなったんだからな。たまに『ナカッタコト』が暴れてうるさいし…」

「ナカッタコト?」

馨の声に亜礼の声が重なった。亜礼が聞く。

「それはなんだ?」

「ナカッタコトはナカッタコトだよ。さっきも少し暴れていただろう」

鏡が震えていた、と大牙が亜礼の手元を指差した。

よくはわからないが、ナカッタコトはいつからか向こう側に棲みついた怪物なのだそうだ。

「物の怪としては、俺の黒狼くらい大きい気だ」

「そんなに大きな物の怪が…。ありえないよ」

亜礼が苦笑し、軽く肩を竦めた。

「そんなやつがいたなら、僕が知らないはずがない」

「でも、おまえ、鏡が割れたことも知らなかっただろう？」

大牙の言葉に亜礼の表情が再び曇った。

「…割れたことは、今は知っている。でも、その時のことがはっきりわからない。そんなはずないのに…。あったことならば、僕の記憶にあるはずなんだ…」

「だから、あいつはナカッタコトって呼ばれてるのかもな」

「ナカッタコトなんてものは、存在しちゃいけないんだよ」

眉をひそめる亜礼に大牙はのんびりと言う。

「なんでもいいさ。とにかく早く鏡を直そうぜ」

迷いのある表情を残したまま、亜礼は頷いた。いずれにしてもこのままにはしておけない。そう言って鏡の修復に同意する。

「欠片はこのあたりにあるんだよな」

「あるはずだよ。割れたのが四百年くらい前なら、この辺は何もない湿地だったと思うけど」

神器が壊れる時は龍脈に沿って破片が散るので、鬼門か裏鬼門を探せば見つかるはずだと亜礼が教えてくれた。龍脈というのは、簡単に言えば気の流れる道のことで、鬼門から裏鬼門、つまり北東から南西にかけて結んだ線上に欠片はあるらしい。

「範囲はどのくらいだ」

「今の単位で二十キロくらいまでの距離だと思うけど…」

簡単に言うが、目標物の小ささを考えるとかなりの範囲ではないだろうか。他人事のように心配していた馨は、急に大牙に手を取られて慌てた。

「よし。明日から探しに行くぞ、馨」

「え、僕?」

驚いて見つめ返すと、大牙が呆れたように息を吐く。

「当たり前だろう。なんのための祝杯だよ」

「なんのためって…」

亜礼が補足した。

「さっきもちょっと言ったけど、鏡を直すには人の力が必要なんだよ。鏡を見ることができる人間ってことになるから、この場合、馨に協力してもらうしかないんだ」

「ええと…」

「嫌とは言わないだろ」

「鏡を直さなければならないんだ。大吟醸で杯も交わしたことだし、是非頼むよ」

口々に言われても、馨には仕事がある。明日からと言われても、とても無理だ。

率直にそう告げると、少し考えてから大牙が言った。

「わかった。じゃあ、仕事には行け。その間に俺がある程度探して目星をつけておく。欠片はあと一つなんだから、休みの日にでも一緒に行ってくれればそれでいい」

それなら、と思って馨は協力することにした。馨が少し手伝えば、大牙や影御魂たちは棲み家に帰れるのだ。否と言うわけにはいかない。

「よし」

大牙が元気に頷き、亜礼もほっとした表情を見せた。

「そう言えば、あの欠片って何でできているの？　鏡の枠は何かの金属みたいだけど、表の部分…、あれ、硝子じゃないよね…。水晶か何か？」

「氷だよ」

「氷？」

「あの時代にはまだ硝子鏡は発明されていなかったけど、術の力で溶けない氷を表面に嵌め込んで、今の鏡と似た形に造ってあるんだ」

欠片を置いた時の溶けて吸い付くような感じが、なんとなく腑に落ちた気がした。

「じゃあ、そろそろ僕は行くよ。久しぶりに会えてよかった。次は大きい大牙とちゃんと飲めるといいね」

「おう。欠片を見つけたら、また祝杯を挙げような」

「うん。是非」

笑顔で頷いてから、亜礼は黒い獣の耳を見て大牙に聞いた。

「ところで、大牙はこれからどうする？　気が少し不安定みたいだけど」

気を散らすのは嫌かもしれないが、昔と違って洞穴などもない。どこか小さい祠(ほこら)でも探してそこに隠れるのかと亜礼は心配した。

「ここにいる。馨がいていいって言った」

問うような目を向けられて、馨は頷いた。亜礼はすぐには納得できない様子だ。

「無理してない？　大牙といると、影御魂もしょっちゅう姿を見せることになるよ？」

「大牙と一緒じゃなくても、よく見かけるから…。それに、見えることを隠さなくていいんだから、かえって気が楽かな」

笑って、是非いて欲しいと言うと、ようやく亜礼も納得した。

「わかった。じゃあ、お願いする」

そうして、亜礼は手早く紙皿やコップをスーパーのレジ袋にまとめ始める。馨と大牙も慌ててそれを手伝った。片付けながら亜礼がぽつりと呟く。

「大牙が懐(なつ)くのも珍しいけど、そもそも影御魂を怖がらない人間っていうのが珍しいよ…」

「そう？」

「今までにもあいつらを見るようになった人間はいたけど、ほとんどみんな気が触れるか、大騒ぎして捕らえられるかして、悲惨な最期を遂げていた」

「…そうならなくて、よかったよ」

影たちの姿を見るようになったのが成長した今だったら、あるいは馨も恐怖に駆られて神経を病んだかもしれない。たまたま出会ったのが幼い頃で、常識や慣習が確立されていなかったのがよかったのだろう。そして、心の中で繰り返された言葉があったことも。

大丈夫、怖くない。何度も繰り返すうちに、それが本当になった。

「じゃあ、欠片が見つかったら知らせて」

寿司桶とごみの袋を大牙に預けると、亜礼はそのまま姿を薄くして帰っていった。空気に溶け込むように消えてゆく様子を見送りながら、本当に気を集めて姿を形作っていたのだと改めて理解し、今さらながらに驚く。

『遅くまで悪かったね。早くお風呂入って寝てね』

最後に声だけが残ってそう言った。長く人と交わってきたせいか、亜礼はどことなく人間的だ。時々垣間見せる生活感と気遣いに親しみが湧く。実際、今から片付けをするのは楽ではない。亜礼が手伝ってくれてありがたかった。

「馨、ここ押せばいいんだよな」

給湯器のパネルを指差して大牙が言う。

「まだだよ。お風呂洗ってないから」

「俺、洗ったぞ。亜礼に言われて」

「え…？」

見ろと促されて風呂場を覗くと、綺麗に掃除されてカラリと乾いていた。黒い獣の耳が褒めて欲しそうにピクピク動いている。

「ほんとだ。ありがとう、大牙。すごく綺麗になってるね」

満面の笑みでしっぽを揺らす姿がなんとも可愛い。

それにしても…。

「亜礼くんて、なんていうか…、ずいぶん気が付く人だね」

「ああ。神でも御魂でも、いったん身体を持ったらそれを使えって言うのが、亜礼の口癖だからな。あいつ散らかるのがすごく嫌いなんだよ。潔癖症って言うのか？　完全主義者だし。正確な記憶の基本は整理整頓からなんだってさ」

なるほど、と思いながら、カウンターに残された鏡を見る。

完全主義者の記憶の神様…。

けれど亜礼は、その記憶の一部をどこかに置き忘れているようだった。

ナカッタコト…。

『ナカッタコトなんてものは、存在しちゃいけないんだよ』

亜礼の声が聞こえる。あってはならない記憶。

濁流の中で聞いた、父の声。

『馨…』

息ができない。

『馨、…からな』

苦しい。

「馨」

聞こえない。パパ、なんて言ったの…。

「馨、おい。大丈夫か」

小さな手に身体を揺すられて、目が覚めた。

「なんだか苦しそうだったぞ。すごい力でしがみついて…」

朦朧としながら、湿ったシャツの肩口で額の汗を拭った。大牙が目を覚ますくらいだから、相当力を込めていたのだろう。大牙のシャツも馨の汗で濡れている。

「…ごめん」

「大丈夫か？」

「ごめんね、大牙。着替えて寝よう」

「このくらい平気だ。それよりどうしたんだ？　怖い夢でも見たのか？」

黒い瞳に覗き込まれて、ほっと吐息が漏れる。そっと抱き寄せて獣の耳に頰を押し当てた。

「馨？」

「うん。もう、大丈夫」

シャツを替えて再び横になると、向かい合う大牙の瞳が愛憐の色を浮かべて見つめてくる。

「俺がこうしててやるからな」

幼い腕を馨の背中に回し、大牙が抱き締めてくれる。

「何も怖くないぞ…」

「うん」

黒い髪に鼻を埋めて馨は頷いた。

夢の記憶が遠くなる。安堵が胸に満ちる。けれど、暗い記憶そのものがなくなったわけではないのだと、心のどこかが警告していた。


外回りの仕事を終えて帰社すると、早瀬が話しかけてきた。

「寶水酒蔵の案出し、どう？」

「…難しいです」

　正直に答えると早瀬は笑った。

「でも、部長は澄江くんのこと買ってるんだと思うよ。そうじゃなきゃ、今回の案件くらいだと、自分だけでやっちゃうと思うもん。だけど、部長、澄江くんは広告をやりたくて入社したんじゃないのかって首を傾げてた」

　テレビの世界やタレントに憧れて、あるいは金銭面の魅力に引かれて白香社を選んだわけではないだろうと、加納は首を捻(ひね)っていたそうだ。

「それにしては今度の仕事に対する温度が低いって…」

　馨は苦笑した。

「澄江くんは、どうして白香社を選んだの？」

「早瀬さんはどうなんです？」

「え、僕…？」

　早瀬は、自分は馨のように一流大学から難関を突破して入社してきた、いわゆるエリート組ではないから、と肩を竦めた。白香社には、大企業の創業者や経営者の子息(しそく)、有名人の身内などがコネで入社することも多い。彼らは皆、人質などと揶揄(やゆ)されながらも、パイプ役としての役割を果たしている。

　早瀬の母親は確か、国民的大女優の早瀬美也子(みやこ)だと聞いた。

「入社のルートはいろいろかもしれませんけど、でも、早瀬さんも、白香社で働きたいと思ったのには、何か理由があるんじゃないですか」

少し考えて、早瀬は答えた。

「…昔、母が出てた、ここのＣＭが好きだったからかなぁ」

化粧品のＣＭだったと言う。カメラに向かって微笑むシーンがあり、家に残され母を待っていた幼い日、それが自分に向けられた笑顔のように思えたのだと早瀬は照れたように笑った。

「化粧品のＣＭ…」

二十年ほど前のそのＣＭを馨も覚えていた。かなり幼い頃に見たものだったが、画面に映る女優の優しい笑顔が印象的で、はっきりと記憶に残っている。

その画は、亡くなる前年に父が撮影したものだった。

「刷り込みかな。直接でなくてもいいから、ああいうものを作る仕事に就きたいと思ったんだよね」

早瀬の言葉に、馨はただ頷いていた。

馨の中にも父への憧れはあったと思う。父の残した膨大な映像は今も自宅に保管されていて、子どもの頃から、何度もそれらを目にしてきた。

仕事で撮ったものもあれば、家族を写したものもたくさんあった。けれど、そのどれにも父自身の姿はなく、遺影にする写真を探すのも大変だったのだと母に聞いたことがある。

馨は父の顔をほとんど覚えていない。

『撮るばっかりだったのよね…』

　残念そうに笑いながら、小さな馨たちの写真やビデオを母は眺めていた。

『みんなは小さ過ぎて覚えてないかもしれないけど、楽しかったのよ』

　その時の母は、もう青白い影をまとってはいなかった。けれど、馨はいつもどうしてか息を潜めて父の残した映像や写真を眺めていた。

『ここに映ってないものもたくさんあるけど、形に残ってなくても、小さかったあなたたちが忘れちゃったとしても、あったことはなかったことにはならないと思うの』

　思い出や、形のあるもの全てが消えても、かつてそこに存在した何かが存在しなかったことにはならない。あったことはなかったことにはならないのだと母は繰り返した。

　あったことはなかったことにはならない。その言葉は、母が言うのとは違う意味で、馨の心に小さな棘を刺した。

　父のようにカメラを扱えないかと挑戦したこともあったが、すぐに、とても父の代わりどころか比べるほどの場所にも立てないだろうと感じて諦めた。そして、せめて父が勤めていた白香社で働ければと思い、別の形で努力をすることにした。そういった意味では、芸能人や金銭に惹かれたわけでないのは確かだ。

　けれど、その動機は「広告をやりたい」という熱意とも少し違うかもしれない。

「仕事、楽しくないの？」

早瀬に聞かれて首を振る。

「楽しいですよ」

それは本当のことだった。自分で思う以上に、きっと馨は今の仕事が好きだ。けれど、それを屈託なく口にすることにかすかな罪悪感を覚える。

父の代わりにはなれないが、父のために何かをしなければいけないような気がしていた。そして、それは、楽しむためのものではないように思っているのかもしれない。

だが、仕事はしっかりやりたい。馨は父への複雑な思いを頭から振り払い、気持ちを切り替えた。

不思議そうに馨を見ている早瀬に答える。

「いいCM、作れるように頑張ります」

「うん。楽しみにしてる」

協力できることがあればなんでもするので言って欲しい。そう付け加えて、早瀬は微笑み、続けてこんなことを言った。

「やっぱり日本酒メーカーだから、基礎化粧品推しでいくの？」

「基礎化粧品、ですか？」

正直、あまり頭になかった。にわか勉強ながらも基礎化粧品がどんなものかはおおよそ理解していたが、化粧品と言えばやはり、口紅などのメイクアップ商品の華やかさに目がいく。

「うん。酒蔵が出してる基礎化粧品って結構あるでしょ。口コミでの評価も高いみたいだし、本当にいいものが多いんだろうね…。寶水酒蔵のもそうなんだとしたら、まずはそこで気に入ってもらって販路を広げていくのもいいのかなって思ったんだけど…」

確かに差別化の難しいメイクアップ化粧品よりも可能性があるかもしれない。だが、馨が基礎化粧品をあまり検討しなかった理由はもう一つあった。

基礎化粧品を前面に打ち出して、そのよさをアピールするとなると、どうしても早瀬が例に挙げたメーカーのように、酒蔵との関連に触れたくなるのだ。独立した新しいイメージが必要だと、加納は言った。酒蔵関連をアピールする策は、とりあえず考えていない。

（でも、そこがうまくクリアできれば、方向性としてもう一度考えてみてもいいのかもしれない…）

既存の市場に参入するのだ。堅固な陣を破るための武器が必要だろう。得意な分野を推すことは戦略として重要なはずだ。華やかさには欠けるかもしれないが、どんなに綺麗なＣＭを作ったところで、クライアントの利益につながらないのでは意味がない。

自分の考えに没頭していると、早瀬の手が伸びてきた。

「澄江くんさ…」

ちょいちょいとさらに手招きされて、なんだろうかと身体を寄せると、ふいにその手が眼鏡にかかった。少しずらしただけで早瀬が言う。

「あ、やっぱり。澄江くん、すごく綺麗な顔してる」

「なんですか、急に」

「急にって言うけど、時々女子社員にも言われてるでしょ。ひそかに噂になってるよ」

ずらされた眼鏡を直しながら馨はキッパリと言った。

「噂は噂に過ぎません」

「たまに事実も混在するから、面倒くさいけどね」

ふふふ、と笑った早瀬が急に身震いした。

「…なんか、寒いね。雨止んだって言ってたのに」

顔を上げると、早瀬のすぐ目の前にギギの姿が見えた。カエンもいる。かなり濃い姿で机の周辺を落ち着きなく漂っている。

その先に野崎の硬い背中があった。

ギギにつながるのは嫉妬や恨み、カエンは怒りだ。野崎が何をそんなに恨み、怒っているのかが馨にはわからなかった。

ため息をこらえて目を逸らし、自分の席に戻る。外回りの間に溜まっていた電話とメールの処理を終え、手配すべきものを手配した。翌週の段取りを整え終わるとパソコンを閉じて席を立つ。見回すと、週末のせいかいつもより事務所は閑散としていた。

「もう上がるの?」

早瀬に聞かれて、「ええ」と頷く。

「最近わりと早いね。僕も出るから、下まで一緒に行こうか」

連れ立って、まだ何か書き物をしている野崎に挨拶した。「お疲れ」と軽く返す笑い顔の後ろにはまだ、ギギとカエンが漂っている。害がないのはわかっているので、そのまま黙って置いていくことにした。どのみち馨以外には見えていないので、声をかけることもできない。

ビルの前で早瀬と別れ、雨の上がった歩道を駅まで歩く。日はとうに落ちて、人工の光が街路樹や植え込みに残る雫をキラキラと照らしていた。空気には雨の匂いが残る。

「基礎化粧品か…」

ひげの薄い馨はシェービングクリームさえ滅多に使ったことがない。二、三日徹夜が続いて剃り忘れても気付かれないレベルだ。不摂生をしても肌はつるりとしていて手入れも石鹸一つで事足りる。年の近い姉と妹、その上母にまで「ずるい」と恨まれるのだけが難点と言えば難点だった。

肌にピタピタと、浴びるほど化粧水をつけていた三人の姿を思い浮かべる。

「基礎化粧品…」

もう一度呟いて、まだ混み合っている電車に乗り込み緩やかな振動に身を任せた。

二十分ほど揺られて自宅の最寄り駅の改札を抜け、惣菜屋への角を曲がる。街灯に照らされた紫陽花の淡い紫が視界の隅を横切った。視線を戻して花を眺める。

濡れて生き生きと咲く「水の器」――ハイドランジア。

ハイドランジアは紫陽花の属名だ。ギリシア語で水を表すハイドロと器を表すアンジェイオンがもとになっている。

(水の器か…。花言葉は「移り気」だっけ…)

花色が変化するのが由来らしいが、その不安定さはどこか魅力的だ。

浮気や心変わりなど、恋愛についての「移り気」ならば問題だが、「変わる」ということ自体は悪いことではないと、馨は思っていた。生き物として自然なことだと思うのだ。

水、ともう一度頭のどこかが繰り返す。「何か」を掴もうとする意識が頭の隅で働いていた。

家では大牙が、影たちと一緒に地図を囲んでいた。馨の姿を見ると、ギギやカエン、まだ名前を覚えていない物の怪たちが、大牙と一緒に近付いてくる。ついさっき、野崎のそばにいたはずのギギとカエンは、薄い姿ながらもここにも存在する。不思議だが、そういうものなのだろうと思って受け入れた。

「大牙、晩ごはん一緒に買いに行く? 好きなもの選んでいいよ?」

山芋とオクラのサラダは苦手なようだったので、一度好みを確認しておこうと思った。

「おう」

元気よく頷いて、大牙は少し唸ったかと思うと耳としっぽを引っ込めた。気の状態を意思でコントロールするには集中力がいるらしい。

着物も少し目立つなと思っていると、大牙がソファの脇に置かれた箱から服を出して着替え始める。

「その服、どうしたの?」

「亜礼が送ってきた。外に出る時には目立たないようにこれを着て、耳としっぽはしまうんだ」

「亜礼くんか…」

さすがの細やかさだ。しかも品質も趣味もいい。大牙は子どもモデルのように変身した。

「似合う」

「おう」

嬉しそうに笑うのが素直で愛らしい。

階段を使って一階まで下りながら、大牙が得意そうに胸を張る。

「なんとなく怪しい場所の目星をつけた。神鏡の欠片が落ちているんだ。そこにはものすごい気が満ちているはずだから、亜礼が言った範囲にある神社とか寺とかを探していけばいいんだと思う」

水を差すのは忍びなかったが、馨は単純な事実を口にした。

「だけど、最初の欠片と鏡が見つかったのは僕の家だよ？」

ごく普通の中層マンションの三階という半端な場所だ。

「だから、そこの惣菜屋の角に祠があっただろ」

言われてみれば、あった気もする。紫陽花が咲いていたのは小さな祠のある敷地の中だ。

「意外と小さいのは気になったけどな。でも、馨が近くに住んだのも鏡が呼んだせいかもしれないし。そばに行って探せばきっと欠片も見つかるはずだ」

あのサイズの祠まで探したらいったいどれほどの数になるのだろうと思ったが、それは口にしなかった。振り向いてまっすぐ見上げてくる大牙の目が自信に溢れてキラキラしていて、その光を消したたくないと思ったのだ。

　エントランスを抜けて、路地の入口にある惣菜屋に歩いてゆく。確かに角には小さな祠を祀ってあって、惣菜屋はそれと並んで店を構えていた。

「欠片の近くまで行けば、なんとかなるはずだ」

「うん」

「最初のだって、馨のところに勝手に出てきたんだしな」

「そうなんだけど…、どうして急に現れたんだろうね」

　大牙は少し考えて口を開いた。

「俺、てっきり亜礼が馨を呼んだから出てきたんだと思ってた。鏡を割ったのがなんでかはわからないけど、直そうとして、見えるやつがいるのに気付いて、何か力を使って馨と鏡を引き合わせたんだろうなって…」

「亜礼くんて、そんなこともできるの？」

「一応、あいつも神様だからな。直接人を連れてくるわけじゃないけど、お導きって言って、なんとなく人間がそうしたくなる環境を作ることがある」

　言われてみれば、そんな「お導き」があったような気もしないではない。

「でも、亜礼のやつ、鏡が割れたことも知らなかったみたいなんだよな…。あいつが知らないことなんかあるわけないのに」

鏡のことになると、急に黙り込むのがおかしいと大牙は眉を寄せる。

「本当に知らないのか…。それとも、何か考えがあるのか…。補佐役のくせに、俺に内緒で何か企（たくら）んでたら、ただじゃおかないぞ」

ケンカはだめだよと言うと、大牙は文句を言うだけだと口を尖らせる。これまでのやり取りを見てもわかるが、基本的に二人は仲がいいようだ。

「どっちにしても、亜礼くんが僕を呼んだわけじゃなさそうだね」

「そうだな。でも、じゃあ誰が呼んだんだ？　それとも、たまたま鏡の近くに馨が来ただけなのか？」

言い終わるのと同時に、惣菜屋の店先に着いた。それまでの朗（ほが）らかさを引っ込めて、大牙は難しい顔になった。最初に会った時のような硬い気配が大牙の全身に漂う。

人間が嫌いだというのは本当なのだ。けれど、美味（おい）しそうな食べ物を前にすると、その険しさが幾分和らぐのがわかった。馨は笑みをこらえて商品が並ぶケースの前に大牙を導いた。

「何が食べたい？」

「ずいぶんいろいろあるんだな」

大牙は珍しそうに店内を眺めて回る。知らない料理がほとんどだと言うので、説明しながら量（はか）り売りの総菜を指定の容器に詰めていった。

試食の竜田揚（たつたあ）げを口にした大牙が「これ、もっと所望していいか」と言うので、多めに詰める。

「野菜も入れるよ。嫌いなものはない？」

「ない」

そうだと大牙は真剣に頷く。

「昔ネバネバ以外？」

「昔ネバネバしたものを食って、腹を壊した。だから警戒している。嫌いなものはない」

なるほどと思って馨は笑った。

「そっちの揚げ物も所望する」

「ちょっと多いんじゃない？　明日でいい？」

いい、と頷く大牙を素直で可愛いと思う。髪を撫でると、なんだ？　と見上げてきた。澄んだ黒い瞳が綺麗だ。

表に出ると、隣の祠のほうから影御魂の強い気配が漂ってきた。大牙が角の向こうの大通りに視線を走らせる。その目が鋭く眇められた。

こちら側にいる影御魂が増えたことで、気が集まりやすくなっているのは馨も感じていた。以前ならば薄く気配を感じる程度だったささいな負の感情に、姿を見分けられるほど濃い影御魂がまとわりつくのを、何度か目にしていた。

「ボラ…！」

大通りからスマホを手にしながら路地に入ってきた小太りの中年女性に、ブタを擬人化したような姿の濃い影が憑いていた。その姿は、以前馨の部屋で大牙や亜礼に呼ばれた時のように、はっきりとした像を結び始めている。

実体を持つほど濃くなったボラが、スマホを持つ女性の手元を覗き込んだ。ボラの落とす影に気付いた女性が振り返り、大牙と馨の見ている前で目を見開いた。

「ひっ！」

身を引いた女の手からスマホが落ちる。後ろに一歩下がる女に、地上に降りたボラも一歩近付いた。スマホを拾いながら女は肩にかけていた鞄を振り回す。

「な、何よ、いったい。この汚いの…。あっちに行きなさい」

ブタに似た顔は表情を作らない。けれど、馨にはボラが悲しんでいるように見えた。

ほんのわずかにボラが動くと、中年女性は肩を跳ね上げ、気味悪そうにボラを見下ろした。

「や、やだ、来ないでよ…っ」

勢いよく後ろに下がった女に押され、大牙の手から惣菜の袋が落ちた。中身が路上に散らばるが、女はボラに気を取られて気付かないようだ。

怯えの表情を強めた女は、横にあった自動販売機用のごみ入れから空き缶や瓶を掴んでボラに投げつけ始めた。

「なんの悪戯なの？　あっちへ行ってよ…、この化け物…っ！」

ビタミン飲料の硬いガラス瓶がボラの額に当たって落ちた。ボラがふわりと浮き上がって距離を詰めると、驚いた女が急に大声で叫んだ。

「ぎゃあぁ…っ！」

「ボラ、そのくらいにしておけ」

大牙の静かな制止にボラの影が薄くなる。まだ馨にははっきりと見える濃さだが、実体を持たなくなった影は女にはもう見えないのだろう。

ボラの姿が消えたと思った中年女性は、街灯の下に立ってまわりを見回した。

「な、なんだったの…」

近くに立つ大牙と馨に気が付くと、何か聞きたそうに口を開きかけたが、結局そのまま何も言わずに踵(きびす)を返した。

「気味が悪い…」

誰にともなく呟いて、路地の奥に消えてゆく。

大牙の黒い瞳が、女性が去った方向を睨んでいる。その瞳の中には、怒りに混じって悲しみの色が浮かんでいた。

散らばった惣菜を拾っていると、店の中から客が一人出てきてチラリと視線を投げて歩み去った。続いて若い男性店員が姿を見せた。

「大丈夫ですか？」

最後の叫び声が店の中まで聞こえたのだろう。惣菜のパックが落ちているのを見て、何かあったのかと慌てて拾うのを手伝い始める。

「これ、新しいのと取り替えますね」

大牙が手にしていた竜田揚げのパックに、店員が手を伸ばした。だが、大牙は首を振った。

「別に中身は汚れてない。少し汚れてたって食える。捨てたら、死んだケモノがかわいそうだ」

店員は不思議そうな顔をしながらも、黙って頷いた。彼が立ち上がると、馨はもう大丈夫だと声をかけた。礼を言う馨に、頭を一つ下げて店員は店の中に戻っていった。

俯いていた大牙が小さな声で言う。

「あれが…おまえたち人間がいつも取る態度だ。汚い、あっちへ行け、消えろ…。そう言って、あいつらにものを投げつけ、遠ざける」

「大牙…」

「悪霊、怨霊、穢れ…。忌むべきもの。それが、おまえたちが影御魂たちに付けた名だ」

馨は身をかがめ、大牙に目線の高さを合わせた。俯いた頭の上に手を置き、少し長めの不揃いの髪を撫でる。

「俺は、人間なんか嫌いだ」

「うん」

「大嫌いだ…」

「うん。ごめんね、大牙」

嫌いだ、嫌いだ、と繰り返す大牙を、馨はそっと抱き寄せた。

「ねえ、きみ」

一度中に入った店員が小さな袋を持って出てきた。馨が顔を上げると、店員はしゃがみ込んで大牙の手に小さな袋を握らせた。

「これ、さっき見てたでしょ。メンチカツ。たくさん買ってくれたから、今日の夕飯には食べきれないかもしれないけど、明日の朝、パンに挟(はさ)んでも美味しいから」

戸惑いながら受け取る大牙に代わって頭を下げると、店員はにこりと笑みを作って店に戻っていく。

「せっかく作った竜田揚げを捨てなくて済んだからね」

振り向きざまに店員は言う。

「それに、死んだケモノがかわいそうだっていうのがなんだか胸に響いた。食べ物ってみんな、食べられるために死んだ生き物の命なんだよね。大事なことに気付かせてもらったからそのお礼」

自動で閉まるガラスドアの向こうで彼が笑うのを、大牙が不思議そうに見ている。その手をそっとつないで、馨はマンションのエントランスに向かった。

「よかったね、大牙。あのお店のおかずは、どれも美味しいものね」

「…ああ」

「山芋とオクラのサラダも美味しいんだよ？」

これには大牙の返事がなく、馨は一人で小さく笑った。

階段を上りながら、大牙がポツリと呟く。

「命をちゃんと扱えるからだ」

惣菜屋のことを言ったのだと知り、馨はこくりと頷いた。

家に帰り、食事を済ませると、この日も大牙と一緒に風呂に入った。そう広くない湯船に向かい合って沈む。

大牙はしきりに湯を掬(すく)っては指の間から溢(こぼ)していた。

「水は綺麗だな」

「そうだね」

ちゃぷんと音を立てて湯を掬う。それをさらさらと指の間から溢す。

そんな動作を何度か繰り返して、大牙はぼんやりと言った。

「水の裏側に棲むことは、嫌なことじゃないんだ…。だけど、封じられて、自由に出られなくなるのは嫌だ」

「うん」

大牙の黒い目が馨を見た。

「わかってくれるのか」

「当たり前だよ」

昏睡状態に陥(おちい)って眠り続けていた幼い日の記憶は、そんなにはっきりしたものではない。

ただ、心のどこかで何かを掴んでいるのに、それを表に出せずに眠り続けていたように思う。外の世界が見えているのに、水の幕に閉じ込められているような感覚だ。

あれは、水の裏側の世界だったのだろうか。大牙たちが鎮められ、眠る世界。影御魂の棲み家。

ふいに息が苦しくなった。

『…馨』

父の声が耳によみがえる。

「馨、どうかしたのか？」

大牙の声に、はっと我に返る。

水の底から見上げていた水面、そこを通り抜け顔を出すように、馨はあの時、唐突に目覚めた。けれど、父はそうではなかったのだ。

もしかすると、水面の裏側に囚われてしまったのだろうか。

「馨、大丈夫か？」

大牙の顔が目の前にあった。馨は詰めていた息を吐き出す。

「うん。少し長く入り過ぎたみたい」

のぼせたかなと言うと、大牙は黙って頷いた。

(大牙たちも…)

通り抜けるはずの水面を、長い間ずっと失っていた。

目の前の黒狼の化身だという少年を見つめると、洗ったばかりの黒髪が後ろに流れて、凜々しい顔立ちと額の傷が露わになっていた。ただ一人、影御魂のために戦って負った傷。

「大牙…」

髪をすいてやると、黒い瞳が馨を見つめ返す。水に濡れた黒い髪と目が滑らかな肌を引き立てて、美しかった。

大牙は可愛い。負けん気の強さも、不遜なところも、少し単純なところも、素直で優しいところもみんな可愛い。そして、その身の裡に抱える怒りや悲しみに触れる度、馨は切なくやるせない気持ちになる。それら全てが混然一体となって、大牙を愛しいと思った。

ちゃぷん、とまた、大牙が水で遊ぶ。

なんでもないＬＥＤの光に、それは宝石のようにキラキラと輝いて二人の身体の間に落ちた。

「綺麗だね」

「うん。綺麗だ」

馨はしばらくその光を見ていた。やがて本当にのぼせてきたので大牙に声をかけて先に上がる。

湯から上がった馨は、パソコンを開いて寶水酒蔵のホームページにアクセスした。

「水…」

何度も目を通したページをもう一度確認する。紙のパンフレットやこれまで白香社が手掛けた広告類も丁寧に読み込む。一つの考えが頭の中でまとまり始めていた。

寶水酒蔵はその名が表しているように、豊かで質の高い水を生かして酒を造ってきた会社だ。

もともとの蔵があったのは、米どころとしてはさほど適さない山間の小さな土地で、ほかの多くの蔵元（くらもと）が米の産地として知られる平野に位置しているのに対して、それは珍しいことだった。

その地にあってなお全国的にもトップクラスの酒を生み出せたのは、何よりもよい水に恵まれていたからだ。生産量こそ少ないが、その水で育った米もまた良質のものだった。

水は宝。水が全て。寶水酒蔵はそういう会社だ。

その会社が手掛ける化粧品ならば…。

いつの間にか夢中でキーボードを叩いていた馨は、青白い光でできた影にそっと肘を引かれた。普通の人間なら叫び声を上げて飛び上がりそうな怪奇現象だが、影御魂を見慣れている馨には、それがいつもより濃くなった影だとわかる。

「どうしたの？　ええと、確かツララ、だったかな」

事故の後で最初に目にした影御魂だ。人に似た姿をしているが、何しろ色が真っ青で実体を持った状態でも透き通っている。ツララは悲しみにリンクした影御魂だった。

そのツララがものうげに馨の背後に視線を向けた。見ると、そこには大牙が、湯から上がったままの格好で眠りこけていた。

「ああ、ごめん大牙。着替え、洗濯機の上に置いてあったんだけど…」

大牙、ともう一度呼んで身体を揺するが起きる気配がない。まだたくさんの気を水面の裏側に残している大牙は、普通の子ども以上によく眠る。

仕方なく、腰に巻いたタオルを外してコンビニで買い求めたパンツを穿かせる。子どものままの男の子の印をチラリと盗み見て、可愛らしいサイズに思わず笑みが零れた。

寝間着代わりの馨のTシャツとハーフパンツを身に着けさせて、さてどうしたものかと腕組みをした。子どもとはいえ抱き上げるにはいささか大きく落とさない自信がない。

「大牙、ベッドまで行ける？　行ってちゃんと寝ようね」

何度か繰り返すと、もそもそと半分寝ぼけながらも大牙は移動し始めた。抱えるようにして寝室に連れていきベッドに上らせる。横たわらせる時に大牙に腕を摑まれて、そのまま馨もシーツの上に倒れ込んでしまった。しがみつくように回された腕が離れる気配はない。

「まあいいか…」

明日は休みだ。このまま眠ってしまっても困りはしないだろう。

寝息に合わせて、洗髪の時にしまい込んだ耳が大牙の頭ににょきっと生えてくる。もう抵抗する気にはなれなかった。笑みが零れ、身体から力が抜けてゆく。

姉と妹が選んだセミダブルのベッドは、一人で眠るにも悪くないサイズだったが、こうして大牙と横になるとちょうどいい。大人になるにつれて、他人の肌に触れる機会は減ってゆくものだ。恋人らしい恋人を持った経験のない馨に、大牙の体温は久しぶりに触れる人肌の心地よさを教えてくれた。

人の子どもと同じ体温を持つ大牙の身体を腕に抱く。心臓の鼓動が伝わる。雨の音が静かに耳をくすぐり、心は安らかに凪いでいった。

馨が仕事で留守をしている昼間に、大牙は影たちと一緒に欠片の手がかりを探しているようだった。範囲が広いので心配したが、電車やバスの乗り方は亜礼から聞いているという。公共交通機関が発行している電子マネーのカードと多少の金銭も持たされていた。ネコ型のパースの中身を見せられて馨は安心した。

だが、二十キロというのは言葉にすれば一言だが、実際探すとなると結構な距離だ。一本の線を基準にするとはいえ、対象物の小ささを考えると藁の山から針を拾うようなものではないだろうか。

それでも、何か人知を超えた能力があるのか、野生の勘なのかは不明だったが、大牙には「匂う」場所とそうでない場所とがあるらしく、パワースポットと呼ばれる神社や寺、御神木や塚などを回っては、怪しいだの怪しくないだのと区分けして地図にバツや三角形の印を付けていた。

その大牙が、馨と一緒に行きたい場所があると告げてきた。

「東北の正中線上に気になる寺があった。西南はまだどこも見てないけど、とりあえずそこに行ってみたい」

「うん。わかった」

頷きながら、小さな違和感に首を捻った。そしてすぐに、方位を東西から言うのがごく日本的だったからだと気付いた。

南北を先に「北東」「南西」と言うのが今では一般的だが、それは英語圏の語順が国際規格になっているからだ。日本の文化はもともと東西が基準になっている。芝居小屋の呼び込みしかり、相撲の軍配しかり。

「日本…。和か…」

パソコンを前に案を練りながら、呟いてみる。大牙が不思議そうな目をして馨を見た。

和装の大牙を見つめて、馨はもう一度頭の中で「和」という言葉を繰り返した。

出かける時には人目に付かないよう洋服を着る大牙だが、ふだんはたいてい和服で過ごす。家に帰るとすぐに着古して馴染んだ着物に着替えてしまうのだ。そのほうが落ち着くと言っていた。そして、落ち着く頃には耳としっぽが生えてくる。

「和と…、水…」

ぼんやりと浮かんだイメージを大きめのフォントで打ち込んで眺める。

日本酒の醸造元が手掛けるものとして、そのコンセプトは悪くないと思った。

「馨は、その機械の前でいつも一生懸命考えてるな」

「うん。仕事だからね…」

続いて思いつくままに浮かんだイメージを打ち込みながら、なんとなく答える。

「そうか。頑張れよ」

言われて振り向くと、まっすぐな黒い瞳があった。

「ん？　どうした、馨？」

「なんでもない」

首を振り、小さく微笑む。

つい仕事に夢中になる自分に気付いて複雑な気持ちになった。胸の奥にかすかな痛みが走る。軽く目を閉じてその痛みを遠ざけながら、今は時間がないのだからと自分に言い聞かせた。

毎日、慌ただしく仕事を終えて家に帰り、たいしたものではなくても大牙と二人で食事を取り、一緒に風呂に入って同じベッドで眠る。そんな暮らしが定着し始めていた。

野崎の背後にはまだギギの姿があり、時々社内のデスクトップを誰かが覗いている気配がある。けれど、それを除けば大きな問題もなく安定した日々を過ごせていた。

寶水酒蔵のプレゼン案は自宅で練るようにし、できるだけ早く大牙の元に帰る。子どもを一人で置いておくのが心配だということもあったが、馨自身が大牙と過ごす時間に満ち足りたものを感じているのも大きい。

一人で暮らしていた時とは、家で過ごす時間の豊かさがまるで違う気がした。雨の続く天気も、不思議とそれほど鬱陶（うっとう）しく感じない。

しとしとと止まない雨に、恵みの雨と呟き、豊かな水の国を思う。

寶水酒蔵に提案するイメージが形になり始めていた。

週末も雨だったが、大牙と二人、私鉄電車に揺られて欠片を探しに出かけた。目的地に着くまでの間、人を嫌っている大牙はやはり一度も笑わなかった。

電車が都心を離れるにしたがって、灰色のビルが目立つ窓外の景色に、水を含んだ緑が混じり始める。建物の高さが低くなり視界が開けてくると、脳裏に古い記憶がよみがえってきた。

中学生の頃のことだ。

中庭の紫陽花の根元に打ち捨てられた泥だらけの体操服と、その前に立ち尽くしていた女子生徒の姿。雨の中、まわりを囲むクラスメイトを睨んだ目には怒りよりも怯えが滲(にじ)んでいた。

いじめを受けるタイプではなかった。どちらかと言えば明るく友だちが多かった彼女には、その時もすぐに数人の者が駆け寄った。

『誰がこんなことしたの？』

彼女の代わりにまわりを問い詰めたのは、その中の一人だ。名乗り出る者はなく、誰もが顔を見合わせて首を振った。

そのたくさんの傘の後ろで、馨は問い詰めた女生徒を凝視していた。正確には、彼女の背中に覆いかぶさるトカゲに似た物の怪の影から目を離せずにいた。いつもより数段濃い影が彼女に取り憑いていたのだ。

実際に、その女生徒が何かしたのを見たわけではない。けれど、どうしてか馨には彼女が何か知っているような気がした。悲しげな様子でその背に憑いていた影を、忘れることができなかった。

その後どのようにして事件が解決したのかは忘れたが、問い詰めた女生徒がもう一方の生徒を恨んでいたことを後になって知った。

あの影は、人の負の感情に結びついている。漠然とそう思った最初の出来事だった。雨の季節になると今でも時々思い出す。

影はいつも抑圧された負の感情と結びついていた。表に出せず、自分でもその感情から目を背けているような場合に特によく現れる。

濃い負の感情には濃い影が、薄ければ薄い影が現れることにも気付いた。

薄い影や、影にも満たないわずかな気配は、いつでもどこにでも漂っていた。それらの小さな負の感情を人が持つことは仕方がないことだと思うようにもなった。そういった感情を全く抱かずに生きていくのは難しいことだから。表に出せない場面も多い。馨自身にも、人に言えない負の感情がないわけではなかった。多少の心の揺らぎはむしろ自然なことだと考えるようになった。

そして、悪意と結びついているとわかった後も、影の存在を恐れることはなかった。

大丈夫、怖くない。心の中にいつも同じ声が聞こえていた。

窓の外を紫陽花の花が通り過ぎてゆく。やがて馨たちを乗せた細長い鉄の箱は目的地の最寄り駅に到着した。駅前には、どこにでもある街並みが広がり、そこからさらにバスに乗る。

大牙は乗り降りする線、降車する駅や停留所をしっかりと把握していた。交通手段の使い方について一通りの知識があると聞いていても、物の怪の王を名乗る少年が実際に行動するのを見ると感慨深かった。

「大牙、偉いね」

「何がだ」

「小さいのに、ちゃんと電車やバスに乗れて」

しかも、こちらの世界には不慣れなはずなのに。だが、馨の言葉に大牙は胡乱な目になった。

「おまえ、まだ俺を子どもだと思ってるな」

大牙の中身は十分に大人であり、山の神や物の怪の王としても多くの生き物や精霊、影御魂を加護してきた。だから、人間ができるたいていのことくらいできて当たり前なのだと、やや憮然とした表情で言う。

馨は一瞬、目を瞬いたが、すぐに反省した。幼い顔で言われるとつい微笑したくなるが、大牙の言うことは事実であり、自分の認識が失礼に当たるのなら改めなくてはならないだろう。

山門の前でバスを降りた。傘を差した大牙が先に立ち、門の内側に足を踏み入れる。

訪れた寺は小さな池を配した庭が美しく、隅々まで手入れが行き届いていた。白い玉砂利を敷き詰めた境内に立つと、あたりはしんと静まり返って、かすかな雨の囁きだけが耳元を通り過ぎてゆく。

神社や寺という場所は、行事がない時には人が少ないのだなと思う。雨の日となると、なおさらなのだろう。

ここにも石垣のそばに紫陽花が植えられていた。しとしとと静かに落ちる雨の下で、瑞々しい淡青色の風情のある姿を見せている。

しばらく歩いて馨は聞いた。

「それで、どうすればいいの？」

「そんなの馨が知ってるだろ。最初に鏡と欠片を見つけたのは馨だ」

「いや…。悪いけど、全然知らない」

玉砂利を踏みながら、傘の下から大牙が馨を見上げてきた。

「そうなのか。ありそうな場所に馨と来れば、勝手に出てくるもんだと思ったんだけどな」

どう答えたものだろう。なんとなく不安はあったが、大牙の計画は全体的に大ざっぱなようだ。

けれど大牙は、気にする様子もなく自信を持って言う。

「でも、なんか、この辺にありそうな気がする。気の感じがいいんだ」

雨の音を聞きながら、馨もあたりを見渡した。

確かに空気は清浄で、人の気配がないわりに寂れた印象がない。御神鏡の欠片という崇高なものが隠されているのなら、是非こういう場所であって欲しいと思う厳かさだ。

特にこれといった方法もなく、大牙と二人、なんとなく周囲を目で探しながら、境内の奥へと進む。

濡れた砂利を踏む足音だけが雨の中に響いていた。

「大牙、鏡が割れたのは四百年くらい前って言ってたけど…」

「うん。だいたいな…」

「江戸時代の初め頃ってこと？」

「もう少し前。戦乱の世って言われた時代だ」

人がたくさん死に、恨みや憎しみが世の中に満ち、影御魂たちもそこらじゅうに溢れていたのだと言う。

「だから、亜礼は影たちだけでも大人しくさせたいと思ってたんだ。あいつは人のためにある神だから」

「人のためにある神？」

「神社に祀られてるのは、だいたい人のためにある神だ。土地を護る氏神や学問や商売を助ける専門の神が多い。亜礼は特に祀られてないけど、ずっと人の歴史を記憶してきた。ほかの神たちと同じように人を大事に思ってる」

「へえ…」

大牙はどうなのだろう。人が嫌いだという大牙も、元は神様だったと亜礼は言っていた。

馨の疑問に答えるように、大牙が口を開いた。

「自然神は違う」

雨の中、歩みを止めずに大牙は続ける。

「自然に宿る神が護るのは、人じゃない。人に対してはなんの思いも持っていない。山の神だった時に俺が護っていたのは山にある者たちだ。今は影御魂のために俺はいる」

沼や川に宿る神、山や野を護る神も、人の子が溺れたり迷ったりしないよう気を配るくらいのことはすると言う。定められた範囲までなら、人が踏み入ることも許す。どちらかと言えば、人に対しても親切なのだと大牙は続けた。

「だが、人が自分の護る者を脅かせば怒りを抱く」

古くから祟りと恐れられてきた出来事は、そういった神の怒りに人が触れたことで起きたものだと大牙は言った。

「今の俺は、影御魂の王だ。そして、人は影御魂を厭う。だから俺も人間を嫌う。影御魂を閉じ込めた人間を俺は許さない。亜礼には言ってないが、気が全部集まったら仕返しをする。そこらじゅうに雷を落として大雨を降らせるんだ」

(大牙…)

馨は複雑な気持ちになった。大牙の言い分も思いもとてもよくわかる。けれどやはり、仕返しをするという言葉は悲しかった。

雷を落とすという大牙の力も恐ろしいいし、人に害が及ぶことを危惧する気持ちも強いが、それ以上に、そんな言葉を口にしなければならない大牙の思いに胸が痛んだ。

雨足がさらに強くなって、玉砂利の表面が白く煙った。大牙の肩も濡れている。

吐息を一つ落として、馨はその肩に触れた。

「大牙。欠片、簡単には見つかりそうもないね」

「亜礼がちゃんと覚えてないからだ。亜礼にわからないこととか、覚えていないことがあるはずないのに…。あいつ、いったいどうしたんだ…」

ほとんどどしゃぶりになり、馨は大牙を促した。

「少し雨宿りしよう」

隣接する墓地との境にあずまやが見えている。大牙の手を引いて玉砂利の上を足早に進んだ。ところどころ砂利の上まで水が浮いていて、靴の下でバシャバシャと水音が立った。

歩みを速めた二人の前を、濃密な影の気配が通り過ぎてゆく。

「ギギ」

大牙が声をかけるが、影は振り向くことなく、馨たちが目指すあずまやの中に吸い寄せられていった。

「きゃあっ！」

突然叫び声が聞こえた。

「ギギ！」

あずまやに走ると、柱に囲まれた屋根の下にギギがいた。その前で、大柄な少女が一人、ギギに向かって傘を構えている。

「なんなのよ、こいつ！　こっちに来るな！　来るなってば！」

少女は脇に置いてあった漫画雑誌をギギに投げつけた。

「あっちへ行けっ！」

雑誌はトカゲに似たギギの頭部に一度当たって、雨の降る砂利の上に落ちた。

両手で構えた傘で少女がギギを威嚇する。ギギが少し動くと、その頭を傘が数回鋭く打った。体格のいい彼女が打ち下ろす一撃は力があり、ギギの身体が前後に揺れた。

「ギギ…」

緑色の皮膚に白い筋が走っている。かなり痛かったのではないだろうかと思い、馨は顔をしかめた。

そして、それ以上に「死ね」「消えろ」と叫ぶ少女の言葉に胸を締めつけられる。

「消えろって言ってんのよ！　この汚い化け物！」

ひときわ大きく彼女が傘を振り上げた時、馨のそばにいた大牙が駆け出した。

「もうやめろ！」

「な、何よ、あんた」

傘を振り上げたまま少女の目が驚きに見開かれる。ギギの前に立った大牙が、睨みつけるように彼女を見上げた。

「いい加減にしろ。化け物はおまえのほうだ。自分の醜さにも気付かない。おまえのほうが、よほど汚い」

突然、見ず知らずの男の子に責められ、少女の顔がカッと燃え上がった。

「そこ、どきなさいよ！　その変なのを追い払うんだから」

「おまえら人間はいつもそうだ。自分の裡に生まれた醜い感情は自分自身のものなのに、それを目にすると、さも汚いもののように忌み嫌う」

「何言ってんの」

「わからないのか。ギギはおまえの恨みや妬みそのものだ」

「そんな化け物、あたし知らない。ちょっとそこ、どいてよ！」

目の前から動かない大牙を少女は強い力で突き飛ばした。小さな大牙の身体は簡単にあずまやから外に転がり出た。

「大牙！」

雨が作った水たまりに尻もちをついた大牙に馨は駆け寄った。砂利についた大牙の手から血が流れている。

「大牙、大丈夫？」

何かで切ったようだ。見ると水たまりの中に硝子の欠片が落ちていた。ハンカチを当てて止血し、傷を調べる。そう深いものではなさそうでほっとした。

蹲ったまま顔を上げない大牙の頭を馨はそっと撫でた。

「痛かったら、我慢しないで泣いてもいいんだよ？」

「泣くかよ」

ふくれて顔を上げた大牙は、けれど、どこかまだ痛むような目をしていた。

その痛みは影御魂たちの痛みそのものだ。大牙は他者の痛みに鋭く反応する。ごく自然に弱い者の側に立ち、傷ついた心に寄り添うのだ。

「やだっ！　あっちへ行けっ！　どけってば！」

少女の行く手を、ギギが落ち着かない様子で動き回っていた。化け物、触るな、と繰り返す少女の言葉が、雨の中にこだまする。

逃げきれずに半泣きになる彼女に、馨は声をかけた。

「…ねえ、何がそんなに嫌だったの？」

「何言ってるのよ、嫌に決まってるでしょ。こんな、見たこともない、わけのわからない化け物に付きまとわれて…っ」

「そうじゃなくて」

馨は努めて静かに問いかけた。

どう言えばいいのだろう。頭の中に、いくつもの映像が浮かんでは消えていった。野崎の背中に漂うギギの影、母の背後にいたツララ、中学時代の出来事や日常の様々な場面。姿を現し、所在なく漂いながら、寂しげに俯くたくさんの影御魂たちの姿。

馨は、ただまっすぐに聞いてみることにした。

「きみは、誰かを妬むか憎むかして、そのことで頭がいっぱいになってるんじゃないかと思って…。どうしてそんなに、その誰かが嫌いなの？」

一瞬少女が顔を上げ、チラリと馨の顔を見た。

「知らない。何言ってるの？」

「そう…」

だめか。一度見ることを拒んだ自分の悪意を認めるのは難しいだろう。

諦めて、雨に濡れた漫画雑誌を拾い上げた馨は、ページの一部が引きちぎられているのに気付いた。少しの間それを眺めてから手渡そうとすると、怯えたように少女が身を引いた。泣くのをやめ、恐る恐るという様子で馨の表情を窺(うかが)っている。

「…お兄さん、ほんとは何か知ってるの？」

「何かって…？」

「あたしが…」

ギギを避けるように視線を揺らして、少女は何かを言いかけた。だが、すぐにまた固く口を閉ざしてしまう。

「ギギ、おいで」

馨が呼ぶと、ギギは少女から離れた。

少女がギギを目で追う。馨はギギの頭を撫でた。

「この子は、人を妬む気持ちが集まってできた影御魂、わかりやすく言うと物の怪なんだ」

まだ気味悪そうに少女はギギを見ている。

「きみの中の誰かを妬む気持ちが集まってできた物の怪なんだよ」

「え…」

「きみが何をしたのかまでは言わなくていいよ。ただ、きみの中にこの子が姿を現すくらい、誰かを妬む感情があるなら、その感情に目を向けてみて欲しい」

ギギから目を逸らして、少女は俯いた。

「その感情を否定したり、気付かないふりをして目を背けたりしないで欲しいんだ。誰だって人を妬みたくないだろうけど、どうしても妬んでしまうこともあると思う。でも、そういう時に、自分の中にその気持ちがあることを、この子たちがいることを認めてあげて欲しい」

「…あたしの中に？」

ギギがじっと少女を見上げる。少女はギギを見て、また視線を落とした。

「あたし…、知らない。何もしてないもん…」

ギギが悲しげに俯く。雨の音だけが通り過ぎていった。

しばらくして、彼女は観念したようにぽつりと言った。

「嘘。ほんとは、ネットに意地悪な書き込みした…」

少女はそっと、ギギに目を向けた。ギギの姿が薄い影に変わり、どこへともなく消えてゆく。

「ほんとにあたしの心だったの…？」

それから少女は、漫画家を目指していること、しかしなかなか結果を出せず悩んでいたこと。誰にも知られるはずはないと思って、何度も新人賞受賞者について書き込みをしたこと、書いた後も知らん顔をしていたことを告白した。

書き込んだことも忘れて、なかったことにしようとした。

「でも、やっぱり、やっちゃったことは消えないんだね…」

馨の手から雑誌を受け取り、少女は立ち上がった。

「ほんと言うと、まだ妬んでるんだ。ここに漫画が載ってる人のこと…。それで、今もまた書き込みしちゃうとこだった」

でも、やめてよかった、と彼女は俯いた。

「いつかバレる気もするし」

それにしても、自分の心があんな感じだったのかと思うと怖いと少女は眉をひそめた。そして、

「でも、あれ、あたしの心なんだよね」と小さく呟いた。

やがて、深いため息を吐いて、少女は立ち上がる。

「お兄さん、ありがとう。そっちの子も、さっきは突き飛ばしてごめんね」

雨が少し弱まると、傘を差して彼女はあずまやの外へ出ていった。

歩き始めて、誰にともなく囁く。

「ごめんね。今度からはちゃんと自分で気が付くようにするからね…」

その言葉に、馨はほっと胸を撫で下ろした。

振り返ると、大牙が泣きそうな顔で馨を見ていた。

「そんなに痛い？」

抱き寄せて頭を抱えてやると、大牙はしがみつくように馨の背に手を回してきた。よしよしと髪を撫でてやる。

「また、悔しかったね…」

黒髪に頬を寄せて囁くと、大牙は首を振った。

「…違う。嬉しいんだ。あの娘(むすめ)は、ちゃんとギギを見た」

（ああ、そうか…）

馨は小さく微笑んで、もう一度大牙の髪と背中を撫でた。

それならよかった。ゆっくりと小さな身体を撫で、雨で濡れた手触りに、早く帰ってお風呂に入れてあげようと思った。傷の手当てもちゃんとしてあげなくてはいけない。

それからふと、大牙が転んだ場所にあった硝子の破片を拾い上げた。放置したままでは危険だと思ったのだ。

「あれ？」

しがみついていた大牙を離して、欠片を調べる。大牙も馨の手元を覗き込んだ。

「…どうした？」

「うん。何かこれ普通の硝子とは違う気が…」

「あ、それじゃないのか。欠片」

「えっ。でも、少し小さくない？」

「いいから嵌めてみろよ」

「鏡、持ってきてない」

ちっと舌打ちされても、馨だけの責任ではない気がする。

いずれにしても、持ち帰ればいいことなので帰途に就くことにした。帰りもまた駅までバスに乗る。

「やっぱり俺の勘は正しかった」

すっかり元気を取り戻した大牙は、上機嫌でシートにふんぞり返っていた。

「そうだね。さすがだね」

笑っていてくれるのなら、なんでもいい。馨は手放しで物の怪の王である少年に同意した。


帰ってすぐに傷の手当てをしたが、さほど深くはない傷だったとはいえすでにほとんど塞がりかけていることに馨は少し驚いた。治りが早いのだと大牙は言い、馨に手を預け大人しくしている。

鏡に当ててみると、欠片はやはり小さかった。まだ三分の一ほどの隙間が残っている。形そのもの

は最初の欠片や金属板に残る部分とピタリと合うので、おそらく鏡の一部に間違いないのだろうが…。

「なんでだ。人と亜礼の力が分かれて割れたんだったら、欠片は全部で二つなんじゃないのか」

「少なくとも、もう一枚はありそうだね。それに、やっぱりくっつかない」

最初の欠片が馨一人の手で修復されたことのほうが異例だったようだが、今回の欠片はやはり、亜礼が言っていた通り、人の手だけで溶け合って吸い付くことはなかった。ただ置かれているだけで、傾ければ簡単に外れてしまう。

大牙は影御魂たちに亜礼を呼ぶように言いつけた。しばらくして、声だけの返事があった。

『すぐには行けない。少し待ってて』

それだけ言うと気配ごと声は消えてしまった。

「しょうがないな…」

「亜礼くんて、忙しいんだね」

「忙しいのは確かなんだろうけど、なんかやっぱりおかしい。直す気がなくなったんじゃないか」

「なんで、そう思うの?」

「ナカッタコトが怖いとか」

大牙の言葉に、なぜか馨もギクリとした。何かが心の奥の弱い部分をこじ開けようとしている気がして、落ち着かなくなる。

「だいたい、亜礼のやつ、鏡のことになるとやけに歯切れが悪いし、何か隠してるんじゃないか。欠片の数も違ってるみたいだし、どうなってるんだよ」

「でも、少し待てば来るって言ってるんだから、待とう」

「ああ…」

ピピピ…。と、風呂が沸いたことを知らせる電子音が鳴る。

「風邪ひくといけないから、ごはんの前にお風呂に入っちゃおうね」

濡れた服を脱がせようとすると、大牙がじっと馨の顔を見上げてきた。

「馨…」

「何？」

手が伸びてきて眼鏡にかかる。

「家に帰ってきたんだから、眼鏡外せよ」

「ああ、うん…」

そのまま大牙に眼鏡を外された。

それだけのことだった。

それだけのことなのに、どうしてかこの時、馨の心臓はコトリと小さな音を立てた。

「馨、綺麗な顔してるのに、なんで隠すんだ？」

黒い瞳にじっと見つめられて言葉が消える。同じようなことは早瀬にも言われた。ほかの者からも何度か言われたことがある。

早瀬から指摘された通り、馨の容姿に気付く者は案外多くいたのだ。けれど、どんな時でも、少し面倒に思うことはあっても、こんなふうに心がざわめいたことはなかった。

それがなぜ今、小さな手で眼鏡を外されただけでドキドキするのだろう。

「馨」

もう一度名を呼ばれ、頬を撫でられると、触れられた場所が熱を持つのがわかった。

「今日、俺ほんとに嬉しかった。おまえが、あいつらのこと伝えてくれたから」

「そんな…」

熱を帯びた瞳で見つめてくる大牙が、今はどうしてか八歳の子どもに見えない。

「ありがとな」

「大牙…」

何か大きなものを背負い、真摯（しんし）に相手と対峙する強い大人の男の姿が、あどけない顔に重なって見える。突然馨は、本当の大牙は子どもではないのだと思い知った。

黒狼の化身であり、物の怪の王でもある。誰よりも強いとスサノヲに認められた男だと、何度も大牙自身が言ったではないか。

騒ぐ心臓に戸惑いながら、馨は改めて考えた。

大牙は子どもではない。

それでもまだ、目の前の大牙の姿は小さくあどけない。心の揺らぎを感じながらも、そのことに少し安堵した。

動揺を隠して大牙の手から眼鏡を受け取る。

「お風呂、入ろう」

心の揺れは、馨の中だけに生まれたもので、少しやり過ごせばいずれ消えてゆくものだと自分に言い聞かせた。

だが…。

風呂に入るために服を脱ぐ馨を、なぜか大牙が食い入るように見ている。その視線がどうにも馨は気になった。けれど、前日までも同じようにしてきたことなので急に手を止めるわけにもいかず、下着まで落とすと逃げるように風呂場に移動した。

風呂に入ると今度は、石鹼の泡をまとっただけの無防備な身体を、それこそ舐めるように大牙は見ていた。気にするほうがおかしいと自分に言い聞かせるが、それでも気になるレベルである。

「あの、大牙…？　そんなに見ないでくれる？」

「なんでだ。減るもんじゃないし、別にいいだろ」

どこのおっさんのセクハラ発言だ。心でツッコミを入れたくなる。

「人のことばかり見てないで、ちゃんと身体洗いなよ」

「馨って、乳首がピンク色だな」

指を伸ばされ、あやうく悲鳴を上げそうになる。それをごまかすように、ザバッと勢いよく大牙の頭に湯をかけた。

「馨、頭洗ってくれ」

「自分で洗って」

言いおいて、自分の身体だけ洗い終わるとそそくさと先に上がった。何か妙な気分になりそうで恐ろしかった。

簡単な食事を取りながら、大牙が急にこんなことを言い出す。

「俺、馨のことが知りたい」

「え…」

「今のには深い意味はないぞ」

一瞬ドキッとしたことが恥ずかしくて、頬を赤らめた。

子どもの頃のこと、姉妹や母のこと、影御魂を見るようになったきっかけなどを聞かれるままに話す。父の話題になると、少し胸が痛んだ。

ごうごうと唸る水の音が耳の奥で聞こえる。

『…馨。…だ、…からな』

「どうした？」

はっとして視線を上げ、大牙を見つめる。そのままなんでもないと首を振った。

「でも、どうして急にいろいろ聞くの？」

「興味を持ったからだ。馨のことを知りたい。全部」

「全部…？」

「馨自身が知らないことも」

「僕自身が、知らないこと…？」

それは、例えば…。

水の唸りがもう一度耳の奥に響く。

昼間出会った少女の姿が頭に浮かび、馨は自分にも心に蓋をして忘れたいものがあるのではないかと不安になった。

「僕自身が知らないことって、何…？」

かすかな怯えを隠して聞くと、大牙は思いもしないことを口にした。

「馨を知りたい。まぐわう時にはどんなふうになるのかとか」

「…まぐわう？」

あまり使われない言葉だ。すぐには意味が浮かばないが、浮かんだ時には馨は真赤になっていた。

まぐわうとは、つまり、セックスすることだ。

「大牙？　何を言ってるの？」

「色っぽいんだろうな」

子どもの顔に、大人でもどうかと思うような淫靡な笑みを浮かべて大牙が言う。

「いいから、早く食べなさい」

馨は慌てて大牙を子ども扱いした。

「いっぱい食べて大きくならないと」

「だから、これは俺の本来の姿じゃない。さっきの鏡が戻れば、すぐに大きくなる。馨も、きっとビックリするからな」

すごく大きくてカッコイイのだと自慢する大牙に、馨は何も答えなかった。その姿はあまり想像しないほうがいいような気がした。

食事の後、いつものように馨がパソコンに向かうと、大牙はギギやカエンと遊び始めた。気ままに現れたり消えたりする影たちに何か指示しては、それを楽しそうに見ている。

窓の外では、しとしとと雨が降り続いている。街は優しい静けさに包まれていた。

「馨。まだ寝ないのか？」

「うん、もう少し。先にベッドに行っていいよ？」

「ベッドとかいうあの寝台な、あれはふかふかしてて、横になると俺、すぐ眠くなるんだ。だから、待ってる」

先に寝ていればいいと言うのに、大牙は首を振り頑（かたく）なに言い張った。

「馨と一緒にベッドに行く」

「はいはい」

そして、いざ横になるとなぜだか必要以上に身体を密着させてきた。ほとんど抱きつくように馨に腕を回し、鎖骨に鼻を寄せて囁く。

「馨。いい匂いだ」

「大牙と同じ匂いだよ。石鹸もシャンプーも一緒のだから」

騒いでしまう心臓を宥めて、努めて冷静に返す。

「うん。でも、いい匂いだ…」

回した腕にぎゅっと力を込めて、大牙が満足そうに息を吸い込む。そして、次にはあらぬ場所を、子どもと思えない手の動きでまさぐってきた。ハーフパンツに滑り込んだ小さな手に驚き、馨は慌ててピシリと払いのけた。

「ケチ…」

半分寝言で呟かれた言葉に呆然とする。大牙はいったい何に目覚めてしまったのだろう。


大牙の可愛らしいセクハラには少し驚かされたが、ほかに大きな問題はなく、仕事は順調に進んでいった。ミーティングに備えた案出しの準備も整う。

週明けの月曜日、早瀬と話していると、二営二部の島に父の旧知のカメラマン、仲村が姿を現した。少し前に気が向いたらという条件付きで、紫陽花の画を頼んでおいた相手だ。

「よう、馨。紫陽花、撮ってあるぞ」

にこやかに告げられて馨は笑顔で礼を言った。だが、その直後、仲村の口から思いがけない言葉が飛び出した。

「寶水酒蔵にでも使うのか？　何か大きい話があるらしいな」

「え……」

その声は不思議なほどはっきりと部内に響き、加納が席を立ち、足早に近付いてくる。

「仲村さん、今の話どこから？」

「どこからって…、制作部で普通に話してたぞ。今度大きな案件があるらしいって…」

「社名が出て？」

「ああ。何か新事業を展開するらしいってことだけだがな。寶水、確か二部のクライアントだったよな。だから…」

言い終わる前に加納が仲村の肘を強く摑んだ。仲村は加納より二つ三つ上になる。驚く仲村を、加納はそのまま朝一番でミーティングを予定している小会議室に引っ張った。

「澄江！　早瀬もだ！」

名前を呼ばれて、馨と早瀬は慌てて後を追った。ドアを閉めると、面喰らっている仲村に加納が鋭く問い詰める。

「事業内容は何か、聞いてますか」

「いや、そこまでは…」

「社名だけか。どこから漏れたんだ…」

「漏れたって…、まさか極秘なのか」

加納は返事をしなかった。今度は仲村が驚いて、その場に立ったままの三人の顔を見回す。

「そんな感じじゃなかったぞ。普通にメールで、寶水酒蔵のために制作部の枠を空けておくように依頼があった。そう聞いてる」

「枠は二部の名前で押さえてあります。そんなバカなメール誰が送ったんだ」

加納が苦々しく吐き捨てると、仲村はなぜか困ったような顔で馨を見た。言おうか言うまいか、しばし迷った様子を見せた末に、言いにくそうに口にする。

「…馨、おまえだよな？」

「え…っ！」

覚えがなかった。だが、すぐに「まさか」と思い当たることがあった。

「あ…」

「おまえか。このバカ野郎」

「ちが…っ」

「仲村さん、悪いが席を外してください」

何も言わずに仲村が出てゆくと、加納は早口で指示を出した。

「すぐに動く。事業内容は漏れていないようだが、探りを入れられるだけでも、今はまだまずい。予定を変更して発表前に事前ＰＲを組む。ほかが嗅ぎつける前に情報公開のコントロールをするんだ。いいな」

早瀬とともに黙って頷く。対処が先だ。

「ミーティングは延期だ。澄江はすぐに寶水酒蔵に行って事前ＰＲの許可をもらってこい。あくまで戦略として提案しろ。こっちの事情はいっさい漏らすなよ」

すぐに行け、と怒鳴られて、返事もまともにできないまま馨は会議室を飛び出した。後に残った早瀬にも矢継ぎ早に指示が飛んでいる。

野崎の背中にまとわりつくギギの影を確かめる余裕もなく、エレベーターを目指して部屋を出た。

急なアポイントメントを通してもらうために、スマホを握り締めたまま箱の中で身体を折る。低く頭を下げながら、その下げた頭の中で説明のための言葉をかき集めた。

担当者だけでなく、決裁権のある上席の社員にも話を聞いてもらわなければならない。

『午後から大きな会議があるので、午前中の早い時間にならちょうどお話しできる者が揃っています。今から十五分後くらいにお越しいただくことは可能ですか』

担当者の返事に「お願いします」と頭を下げた。時間をもらえただけでもありがたい。

この日回る予定だった取引先に約束の変更を願い出て謝罪の言葉を添える。頭を下げ続けたままエレベーターを飛び出し、雨の歩道でタクシーを探した。

後部座席に滑り込むとすぐにモバイルを起動した。相手先のビルに着くまでのわずかな時間に資料を作成する。

なぜ、今急に事前ＰＲの話を出すのか、それにはどんなメリットがあるのか、契約内容はどう変わるのか…。限られた時間の中でパワーポイントにまとめていった。

タクシーを降り、コンビニに駆け込んで必要部数を印刷し、古いビルの四階にある広報部への階段を駆け上がった。

「急な申し出にお時間をいただきありがとうございます」

通された応接室で、椅子には掛けずに深く腰を折る。担当社員の言葉通り、新規事業の事業本部長、広報室長が時間を割いてくれていた。馨の説明に納得すれば決裁を下せる地位の人たちだ。

資料を配布し一通りの説明をする。だが、彼らはなかなか首を縦に振らなかった。

「説明の意図はだいたいわかりました。事前ＰＲのメリットについては、契約内容を鑑みても悪くないように思います。ただ、どうしてこんなに急なお話なのか気になるのと、ＰＲしようにも、わが社のほうがまだ準備不足でして…。このお話は少し無理なのではないでしょうか。それとも、すでに事前ＰＲの案があるということでしょうか」

「それについては…」

ＰＲの内容は、未定だ。

寶水側が言うように、方針の一部が固まり切っていない。その中には「社名」という最大のものが含まれている。最終決定を前に二つの候補の間で揺れている状態なのだ。社名のない企業をどのようにＰＲすればいいのか馨にはわからない。仮に何か案があったとしても、それを吟味する余裕は、今朝のここまでの時間にはなかった。

今から検討しますと言いかけて、それで了承を得ることはできないと瞬時に悟った。

加納ならどうするだろう。

加納なら…。寶水酒蔵も加納の提案なら、もっと信用するのだろうか。

「加納に…」

喉の奥が締めつけられる気がした。

「それについては…、加納に考えがあります。どうか、お任せ願えないでしょうか」

「加納くんに？」

広報室長と事業本部長が何か囁き合い、本部長がわずかに首を縦に動かした。そして、息を詰めている馨にこう告げた。

「早急に動きたいとのことですが、さすがに今ここで判断するのは難しい。午後の会議にかけてみますので、夕方、もう一度来ていただいてもよろしいですか」

ここまで言われては頷くしかない。

「ありがとうございます。よろしくお願いします」

深々と頭を下げ、時代を感じさせる応接室を後にした。

胃が痛い。心も痛い。返事をもらえるまでの数時間が永遠の地獄のように目の前に横たわっていた。

事前PRに許可が出なければ、これまで同様寶水酒蔵の新規事業計画は極秘扱いのままだ。それがどこかに漏れ、寶水酒蔵側に誰かが探りを入れれば、それだけで信用に瑕がつく。その時のことを考えると吐きそうだった。

「二十億…」

込み上げる胃液を飲み込み、通常の業務に戻る。

寶水酒蔵の案件だけが仕事の全てではない。数千万、数百万、場合によっては数十万の折り込み広告一つの取引先でも、大事な広告主に変わりはない。快く時間を融通してくれた担当者への感謝も忘れてはならない。そう自分に言い聞かせてその日の仕事をこなしていった。

もしこの仕事がふいになれば、莫大な利益を逃す。

それだけでは済まないだろう。これは馨の最初の企画仕事だ。失敗すれば次はない。

自然に拳を握り締め唇を噛んでいた。

失敗したくない。企画の仕事を失いたくない。

自分の中に、ここまで強い仕事への執着があったことに気付かされる。今はそんなことを気にしている場合ではないと思うのに、利己的な計算が頭から離れなかった。

通常の仕事に集中して取り組まなければいけないと思うのに、それができない。申し訳なさで自己嫌悪に陥った。

心身ともに疲れ切って社に戻ったのは日付が変わる頃だ。

「どうだった」

「ご了承いただけました」

馨の報告に、加納はふうっと大きく息を吐いた。

「クライアントのゴーサインがなければ、こっちがいくらあがこうと無駄になる。よく粘ったな」

夕方もう一度訪ねた寶水酒蔵で、大会議室に集まった社員の前で朝と同じ説明を繰り返した。質問に答え、さまざまな意見を聞き、会議が終わるのを待ってようやく了承の決裁を取りつけたのが午後十時頃。それから細かい部分を詰めて、契約書の承認をもらった。

加納の名前一つでつながった糸を、どうにか切らさずに持って帰れた。

そう、加納の名前だ。それがなければ、了承されなかった。一年間担当営業として通った馨の話だけでは、信用は得られなかったのだ。駆け出しの、まだ二年目の自分の力を過信するつもりは毛頭なかったが、無力さを突きつけられたことにも心は傷ついていた。

「帰ったばかりだが、まだこれで終わりじゃないからな」

鞄も置かせずに、加納はスポットの時間枠とそこで流すＣＭ案のラフを突き出してきた。今からその枠を押さえ、放送開始までに制作部に作らせろということだ。馨は黙ってそれを受け取った。

早瀬もまだパソコンの前にいて、ネットと雑誌広告の作業をしている。ほかの部員たちも手の空いている者には容赦なく加納の指示が飛んでいた。

「今、手を打てば、万が一、情報が漏れても、宣伝の一部で済む。苦しいがやり切れ」

手配を全て終えた時には明け方近くになっていた。

疲れ切って無言のまま、着替えとわずかな仮眠のためだけにそれぞれタクシーで帰宅した。

鍵を開けるとすぐに大牙が迎えに出てきた。

「馨、どうしたんだ。ずいぶん遅いから心配したぞ」

「大牙…。ごめん、お腹空いたよね」

「何時だと思ってる。勝手に食ったから気にするな。それよりおまえ、大丈夫か。顔色が悪いぞ」

大牙の手で眼鏡を外されると、顔が歪んだ。

「どうしたんだ。どこか痛いのか」

「痛くない」

「馨、我慢するなよ。泣きたかったら泣いていいって言ったのは、おまえだぞ」

俯いた馨の顔に両手を添えて、大牙が優しく言う。

「溜めとくな。全部、俺に言え」

「大牙…」

ぎゅっと抱き締めて黒い髪に鼻を埋めた。大牙の手が背中に回り、そっと撫でられる。喉に熱いものが込み上げてきた。

「…僕じゃない」

「うん？」

「僕が、送ったんじゃない…」

ぽんぽんと、大牙の手に背中を叩かれて、馨は嗚咽を漏らした。

メールは馨が送ったのではない。けれど、誤解を解く時間は与えられなかった。

担当者である馨の話よりも、加納の名前一つに対して寶水酒蔵は反応した。

たとえ自分の犯したミスではなくとも、謝ってどうにかなるのなら、そのほうがずっと気持ちは楽だ。土下座をしてでも自分の力でやり遂げたと思えれば矜持は傷つかない。けれど今日の馨にできたことは、加納の名前を出すことだけだった。

誠意をもって落ち度があったと伝えられれば、これほどの後ろめたさも感じなくて済んだだろう。けれど、それも許されなかった。それではだめなのだ。信頼を得るためには隠すことも必要で、ありのままのマイナス点を正直に伝えるのが誠意である場合もあれば、敢えて伝えない誠意もある。

寶水酒蔵も新ブランドの立ち上げを前に深夜にまで及ぶ仕事を続けている。それは今日も見てきた通りだ。こちらの事情で起きた混乱にいたずらに巻き込むよりも、より戦略的な方向転換として提示するほうが安心してもらえる。自分たちの利益を守るためだけではなく、相手に対しても必要な沈黙だった…。

全部、頭ではわかっている。

けれど、何もかものみ込んでしまった心はいっぱいに張り詰めて、すぐにも裂けてバラバラになりそうだった。

　誤解された悲しさや、それをきちんと解けなかった悔しさや、自分のふがいなさ、後ろめたさ、それに利己的な不安…。それらを溜め込んだまま黙々と働き続けた疲れが一気に押し寄せて、いったん泣き出したら涙が溢れて止まらなかった。

「馨。馨はいいやつだ」

　大牙が囁く。

「俺は、馨が好きだ」

　大好きだ、と繰り返しながら、大牙は馨の涙をペロリと舐めた。ペロリペロリと舐められて、くすぐったさに馨は半笑いになった。

「大好きだ」

　もう一度囁いた大牙が、唇を舐める。そして、そのまま馨に口づけた。軽く触れて離れていった大牙の唇を馨はぼんやりと見つめた。

　大牙は再び唇を合わせてきた。今度は軽く舌が差し込まれ、その大人びたキスに馨は小さく呻(うめ)いた。

「大好きだ、馨」

　真摯な黒い瞳で告げる。それがただ嬉しくて切なくて、馨も答えた。

「…ありがと。僕も大牙が大好きだよ」

　囁くように告げて、小さな身体を抱き締めた。

横になるとすぐに大牙は眠ってしまった。その髪を馨はそっと撫でた。黒い獣の耳が小さく震える。

「ねえ、大牙…。パパ…僕のお父さんは、まだ怒ってるかな…」

事故の後、なぜ橋から落ちたのか、その理由を馨に尋ねる者はいなかった。父親を失ったばかりの幼い子どもが責められることはなかったのだ。馨だけでも助かってよかったと、皆が口々に言った。

けれど、あの日…。

手にしていた紙のおもちゃが風に飛ばされた。

一瞬のことで、とっさに追いかけてバランスを崩した馨は、よじ登っていた欄干（らんかん）から川に落ちた。

父はほとんど同時に飛び込んで、馨とともに濁流にのみ込まれ流されたのだ。

（僕のせいだった……）

伸ばした手の先にあったはずの父の顔を、馨は覚えていない。苦しく歪んでいただろう顔を、馨は忘れた。

なぜ、止められたのに欄干によじ登ったりしたのだろう。

なぜ、持っていてはいけないと言われたおもちゃを父に渡さず、わがままを通したのだろう。

どんなおもちゃだったのかも覚えていないのに、そんなものが飛ばされたからといってなぜ手を伸ばして追いかけたりしたのだろう。

そして、なぜ誰も、馨に聞かなかったのだろう。

橋から落ちた理由を。

「僕のせいだったんだ…」

父の言いつけ通りに、何も持たず欄干にも登らなければ、馨が橋から落ちることはなかった。馨を助けようと父が川に飛び込むこともなかったのだ。

父は泳げない。それなのに、とっさに飛び込んだ。

ぎゅっと大牙を抱き締めると、睫毛が揺れて黒い瞳が覗いた。

「どうした、馨?」

「なんでもない。起こしてごめん」

「気にするな。それよりまた、怖い夢でも見たのか?」

馨は首を振った。そして、すぐに頷いた。

「どっちだ」

大牙は笑った。馨は問いの答えとは違う言葉を口にした。

「お父さんが死んだのは、僕のせいなんだ」

大牙は何も言わず、馨の額に手を当てた。

「なのに僕は、ずっとそのことを誰にも言わなかった。自分でも考えようとしなかった」

忘れようとしたのかどうかさえわからない。馨から口を開くこともなかったが、ほかの誰かから聞かれることもなかった。まるでなかったことのように、誰も事故の話を口にしなかった。

誰にも触れられることなく、馨の心の時間は止まったまま、馨は父といつまでもあの橋の上に立っている。

白香社を目指したのは、贖罪に似た気持ちからだったかもしれない。けれど、いつの間にか、馨は広告の仕事を好きになっていた。

父の影響もたぶん大きい。

（だけど…）

仕事に夢中になればなるほど、父ももっと働きたかったのでは、という気持ちが頭をもたげ始めた。心の奥がいつも小さく痛んでいた。父がどれほど腕のいいカメラマンだったのかは、映像を見ればわかる。腕がいいだけではなく、仕事を愛していただろうことも…。白香社に入社してみると、その仕事の水準の高さと熱意を改めて思い知ることになった。

三十代の半ば、まだまだこれからという年齢で、父は命を落とした。そうさせたのは馨だ。

「お父さんは、怒ってるかな…」

今日、馨は、自分のためだけに今の仕事を失いたくないと思った。企画し、広告を作り出す仕事を奪われたくないと利己的なほど強く心に思ったのだ。

父からその仕事を奪いながら、自分は手放したくないと願った。

「…恨んでるかな」

「バカだな、馨。そんなことあるわけないだろう」

小さな両手で馨の頬を包み、大牙が微笑む。

「わざわざ飛び込んで、馨を助けたんだ。自分の命よりおまえが大事だったってことだ。馨が生きて、好きなことを頑張ってるのを、おやじさんが喜ばないわけがないだろう」

「でも、僕がちゃんとお父さんの言うことを聞いてたら、事故は起こらなかったんだ」

「起きてしまったものはしょうがない。なかったことにはならないんだ。だからもう、自分を許してやれ」

きゅっと唇を結んだまま黙っていると、もう一度「許してやれ」と囁いて、大牙はきつく閉じた馨の唇に優しく口づけた。

ごめんね。

何度も心の奥で謝り続けている。

ごめんね、パパ…。

自分が狡(ずる)いことはわかっている。

「僕は、姉や妹のことも妬んでた…」

言葉が勝手に零れた。けれど、これも馨が目を逸らしてきた過去の感情だ。

自分を見る時には影を背中にまとう母が、姉や妹を見る時には違う。それに気付いた時、自分のせいなのに、心が傷ついた。母に愛されないことを恐れたのだ。

（きっと…、だから僕はお母さんに聞いたんだ…）

『僕を見ると悲しい？』

まるで母を責めるように。

そのことが、母を楽にしたのは偶然だ。

ごめんね。

いいよ。

許されて、母は父への思いに区切りを付けた。

馨を許す者はいない。それを考えるのが怖くて、馨はまた忘れたふりをした。

「いつかの女の子には偉そうなことを言ったくせに、僕だって自分の中に見たくないものをたくさん持ってたんだ」

馨の話を大牙は黙って聞いていた。時おり慰（なぐさ）めるように馨の鼻や頬に小さく口づける。

やがて大牙は、馨の身体に乗り上げて唇を塞いだ。

「おまえ、今日は心が弱ってるんだな…」

小さな舌で口腔（こうこう）を探り、切なそうに囁いた。

「大人の身体があれば、全部忘れさせてやるのに」

「忘れたくない。忘れちゃだめなんだ」

「いいんだ。忘れても…」

どうせなかったことにはできない。自分の狡さも過ちも、そこにあると知っていればいい。そう大牙は言った。

「馨はバカだな。生きてくためには図々しくなっていいんだぞ」

それにしても早く欠片を戻したいと言う大牙に、馨はぼんやりと聞いた。

「大牙、鏡が元に戻ったら、ナカッタコトに会えるの？」

「全部直れば、あいつも通り抜けられるだろうな。向こう側で時々暴れてたくらいだから、たぶん出てくるだろう。なんでだ」

「ナカッタコトは、僕の父なんじゃないかと思って…」

事故の原因を誰にも言わずにいた。文字通りなかったこととして扱ってきたようなものだ。馨とともに鏡の裏側に迷い込み、こちらに戻れなかった父が、それを恨んでナカッタコトになったのではないかと、ひそかに危惧していたのだ。

「それはないな」

「どうして？」

「あいつがいつ頃からいたのかはわからないが、少なくとも、馨やおやじさんが生まれるずっと前からいたのは確かだ。おやじさんがナカッタコトになれるはずがない」

「そっか…」

やはり父はもういないのだ。そう思うと寂しかった。

結局、一睡もしないまま短い仮眠の時間は過ぎてしまった。出社し、目の前の仕事を黙々とこなして深夜に帰宅する。

通常の業務に加え、急な予定変更で発生した寶水酒蔵の仕事の処理に追われ、数日間が矢のように過ぎた。

日付が変わる前に帰宅できるようになったのは、週の後半になってからだ。

ようやくまともに眠ることができた次の朝、洗面台の前に立った馨は自分の顔を見た。鏡から静かに見つめ返す瞳を確かめ、手にしていた眼鏡をケースに戻す。

野崎に尋ねてみよう。疑っているのなら疑っているとはっきり言葉に出してみようと思った。

通い慣れた道のりをかすかな緊張を覚えつつ歩く。強化硝子の正面扉を抜けてホールに立った。

ざわりと空気が揺れる中、ふだん通りの手順でＩＤカードをかざしてエレベーターに乗り込んだ。

「澄江か…？」

「おはようございます」

先輩社員に戸惑うように聞かれ、驚きと好奇の入り混じる視線を向けられた。できるだけ平気な顔でいつも通りの挨拶を返す。

「おまえ、眼鏡一つでずいぶん感じが変わるな」

「どこの新人タレントかと思った」

揶揄めいた言葉も、微笑一つで流すことができた。

フロアに足を踏み入れると、どこかでひゅっと口笛が鳴った。視線が集まる中を二宮二部の島へと歩いてゆく。

馨は最初に加納の席に向かった。

「どうした」

朝の挨拶もなしに加納は問う。率直に聞いた。

「部長。先週、僕のメールアカウントにアクセスなさいましたか」

「いや。そんな暇も必要もないからな。ついでに言うと、副部長殿は今、部下へのアクセス権を放棄してる。俺に丸投げだ。腹の立つ」

ここで初めて加納は馨の変化に触れた。

「おまえ、意外と目力(めぢから)があるな」

「……はあ」

「まあ、気になることがある時は、そうやってはっきり聞くことだ」

「はい」

頷いて辞去(じきょ)した。

顎を引いて、こちらに向けられた硬い背中に近付いていった。

「野崎さん、先週、僕のメールアカウントにアクセスなさいましたか」

振り向いた野崎は心外だとでも言うように、それでも最初はどこかおどけたふうに顔をしかめてみせた。

「なんだよ。俺を疑ってるのか」

「質問しているだけです。加納部長にも同じことをお聞きしました」

「するわけないだろ。嘘だと思うなら調べてみろよ。証拠もないのに変なこと言わないでくれよな」

後ろにいくに従って声の調子が不機嫌なものになる。はっきりと否定されてしまえば、ほかに何も言うことはできなかった。

だが、いつの間にか馨の後ろに立っていた加納が口を挟んだ。

「証拠ならあるぞ」

「加納部長まで、何を言い出すんですか」

「制作部へのメール、アカウントは澄江のものだがローカルのＩＰアドレスはおまえのだ、と言ったらどうする？」

「そんなわけないですよ。だって、あれは…」

言いかけて、野崎の顔が強張る。

「あれは？　あれは、澄江のパソコンから送ったんだから、そんなはずはないか？」

「なんの証拠もないのに、憶測（おくそく）でモノ言うのはやめてもらえませんか」

「証拠はあると言っただろう」

「澄江のパソコンからのメールなのに、どんな証拠があるんですか」

「誰にも見られていないのにな」

「そ…っ」

「見られていないんだよな。誰も見ていない時間を選んで、おまえは澄江のパソコンを開いた。アクセス権と一緒に管理パスワードも持っている。簡単だ」

「だから、憶測は…」

「証拠があると、何度言わせる。あのメールが澄江のパソコンから送られた時間帯、このフロアにはおまえ一人しかいなかったんだよ。出入口のセキュリティ記録を照会したから間違いない」

あ、という口の形のまま、野崎の顔が青ざめた。セキュリティを照会すれば、その時間帯に馨がフロアにいなかったことも証明できる。

「おまえは故意に、会社の信頼を失う恐れのある行為をした。処分は追って知らせる。全ての業務から手を引け。後は俺が引き継ぐ」

加納は踵を返した。その背中に野崎の悲鳴に似た声が重なる。

「ま、待ってください。こんな大事になると思わなかったんです。俺は、ただ…」

冷たい視線が野崎に向けられた。

「…俺も、チームに入りたかったんです。もともと寶水酒蔵は俺の担当になるはずだった。それがどうして、澄江なんかに。俺には小物の得意先ばかり回されて…」

「おまえは馬鹿か。寶水以外の澄江の担当先がどんなところか知ってるのか。だいたいおまえが自分から寶水のお偉いさんの不興を買ったんだろうが。まさか、気付いてないわけじゃないだろうな」

「え…」

「酒は米所に限る」

加納が冷ややかに野崎を見据えた。

「最初に寶水酒蔵に連れていった時におまえが言った言葉だよ。だから俺は、おまえに引き継げないまま寶水の担当を続けてたんだ」

戸惑ったように眉を寄せる野崎に、加納は深いため息を吐いた。

「澄江、説明してやれ」

周囲の視線が集まる中、急に話を振られて一瞬たじろいだが、すぐに意を決して、まっすぐに野崎を見た。事実だけを選んで告げる。

「寶水酒蔵の蔵元がある華和泉町は…、米所ではないんです。小さな門前町があるだけで、観光のほかには産業らしい産業もなく、米の生産もそれほど盛んではありません。ただ、水がいいんです。生産量は少なくても、その水で育った米は良質で、その米を使うからいい酒が造れる…」

「米所に負けない酒を造ろうと頑張っている会社に、よりによって『酒は米所に限る』と、おまえは言ったんだよ。自分たちの誇りを踏みにじるような言葉を吐くやつに、企業のイメージを担う広告を任せると思うか？　澄江を恨む前に少しは自分を顧みろ」

加納の言葉に、野崎はがくりと肩を落とした。周囲を見回し、顔を歪めたかと思うと、そのままふらふらとドアに向かってゆく。その背中を見ることもなく、加納は馨に告げた。

「野崎の仕事はおまえに割り振るぞ」

「はい。あの…」

「礼なら早瀬に言え」

目で問うと、警備に掛け合って記録を照会したのは早瀬だと教えてくれた。

「それとな。おまえ、今回の前倒し案が通ったのは俺の名前を出したからだと思ってるだろう」

「はい」

「確かに、長く担当してきたから、寶水の広報は俺を信用している。だが、それだけで首を縦に振るほど甘くはない。億単位の金をかけてるんだ。おまえがきちんと資料を用意して説明したから、向こうも聞く気になったんだよ」

「でも、説明を聞いていただいただけで、了承は得られませんでした」

苦い記憶に唇を嚙むと、加納が口の端だけで笑う。

「資料を見た。短い時間でよくあれだけ準備して行ったな。あれを見たら、まさかその日の朝に決めたことだとは思わないだろう。あれを見せてあったから俺の名も役に立ったんだ。自信を持て。そして、今日のように踏み込む時は踏み込め。次はもっと詰めを固くして追い込めよ」

裏まで取って後ろを守ってくれた上司の力量には、まだ一歩も二歩も及ばない。馨は黙って深く頭を下げた。

「おまえの案を楽しみにしている」

負けないものを自分も出すが、と笑って加納は喫煙室に向かって歩き出した。

礼を言うために早瀬の席まで行くと、今度は早瀬が言った。

「お礼なら仲村さんに言ってね」

「仲村さん、ですか？」

「うん。澄江くんのこと、ああいうミスをするやつじゃないだろうって…」

小さい時から知ってるんだってね、と言われて馨は曖昧に頷いた。

「前にも自分のメールが届いてないことがあって変だと思ってたんだって。その話を聞いて、僕も何度か、澄江くんにしてはおかしいなぁって思うことがあったの思い出して、それで、今回のメールを送ったのも澄江くんじゃないのかもって思ったんだよ」

「それでわざわざ調べてくれたんですか」

「うん。まあ…」

セキュリティの照会と一言で言っても、手続きや実際の作業をするのは相当手間がかかったのではないだろうか。

馨が問うと、早瀬は少し照れたように頬をかいた。

「…あの画、母が出た古いＣＭの画を撮ったの、澄江くんのお父さんなんだってね」

それを仲村から教えられたと言う。

「今でこそ国民的大女優なんて言われてるけど、あの頃の母はエメラルド化粧品のＣＭに出られるようなタレントじゃなかったんだ」

何しろ子持ちだったし、と早瀬は笑う。

「もっと若いモデルさんもいくらでもいたしね。優秀なマネージャーさんの力だけでもらえた大きな仕事だったんだよ」

緊張して、うまく笑えず、何度もリテイクを繰り返したそうだ。

「衣装さんやメイクさん、監督さんや、ほかの人にもとにかくたくさんいろんなこと言われて、ポージングや表情なんかにもダメ出しされて…」

もうだめだと思ったその時に、カメラを向けていた馨の父が一言、こう助言した。

『一番大事な人を思い浮かべて、その人に笑いかけてみてください』

すぐに家に残した幼い息子のことが頭に浮かび、その顔を思い出して、彼女はやっと微笑むことができたと言う。もうすぐ帰るから待っててね、そんなふうに思いながら。

ただ若く美しいだけではない慈愛に満ちたその笑顔は、たちまち人の目を引いた。

「今の自分があるのは、あの時のカメラさんのおかげだって、小さい時から何度も何度も聞かされた。だから、今回のことは澄江くんのお父さんへの恩返しみたいなものだね」

何も言えずただ深く俯いた馨に、早瀬が微笑みかけた。

「だから、澄江くんもいいＣＭ作ってね」


食事をしながら、馨はこの日あったことを大牙に話した。野崎に直接疑問を投げかけたことと、加納や早瀬が助けてくれたことを話すと、大牙は獣の耳をピンと立てて聞き入っていた。

「その野崎ってやつが、馨を泣かせたんだな」

「まあ、そうなるかな」

泣いたことは、もう忘れていいよと念を押す。

「そうか。そいつがやっつけられたんなら、よかったな」

「うん。でも、もっと早くメールのこと確認してたら、こんなに大きな話にはならなかったかなって思うと、野崎さんにも悪かったと思う」

「そんなの自業自得だ。自分が何をやってるのか、わからなくなるほうが悪いんだ」

ちゃんと自分と向き合わないからそういうことになるのだと、大牙は容赦がない。

「自分と向き合うって、簡単じゃないからね…」

誰にも聞かれないからと、父の言いつけを聞かずに欄干に登ったことを馨はずっとなかったことにしてきた。自分でも忘れたふりをして過ごしてきたのだ。

天井を見上げて口に出してみた。

「僕のせいでお父さんは死んだ」

「ん？　急になんだ？」

「ちゃんと口に出して言わないと、なかったことにしちゃいそうだから」

「そうか。まあ、確かに原因は馨にあるかもしれないけどな」

なぜか少し、ほっとした。原因が馨にあることを大牙が肯定したせいかもしれない。

川に落ちた原因は馨にある。父の言うことを聞かず、おもちゃを手にしたまま欄干に登った馨に非があるのだ。生死を彷徨い、父親を亡くした子どもに、その父親の死に関して「おまえのせいだ」と言う者はいなかった。けれど、一度事実をはっきり認めることで、気持ちが落ち着くこともあるのだと思った。

「でもな、馨を助けたいって思ったのはおやじさんの意思だぞ。そこも忘れるなよ」

「え…」

「おやじさんはおまえを助けたかったんだよ」

大事な者を守りたいと思うのは当たり前のことなのだと大牙が言う。

大牙の前髪の奥に、深い傷痕が覗いている。

「おやじさんはおまえのことが大事だった。それだけだ」

馨は素直に頷いた。

「今日も、お父さんに助けられた」

「うん？」

早瀬がしてくれた話を繰り返した。

「そうか。よかったな」

「でも、僕はお父さんに何も返せない」

「そんなことも望んでないはずだ。何かを返して欲しくて愛するわけじゃないからな」

「…大牙」

小さな大牙が大人に見える。じっと視線を注ぐと、大牙が立ち上がって馨の座る椅子の前に立った。

「俺も馨を守るぞ。何も心配しなくていいからな」

手を伸ばして黒い耳の横を撫でると、大牙が抱きついてきた。

背中に回った大牙の右手は、しかしなぜかジーンズの隙間に忍び込んでくる。左手がさわさわと尻を撫でる。

「…えっと、大牙？」

「馨が、好きだ」

シャツの上から胸に唇を当てられた。ぞくりと肌が粟立（あわだ）つ。

最近、大牙がよく見せる仕草だ。Ｔシャツの上から吸われることも多かった。

「き、急にどうしたの？」

馨の問いには答えずに大牙は濡れて透ける突起に歯を立てた。下肢が熱を帯び始める。妖しさを含んだ目で大牙が馨を見る。

「なあ、風呂いつ入る？　もう綺麗にしてあるぞ」

「う、うん…」

かすかな警戒心を胸に抱きつつ、馨は曖昧に返事をした。

実のところ、馨はかなり動揺していた。この一週間ほどで大牙の悪戯はだいぶエスカレートしていて、甘えるふりでそばに来ては、際どい行為で馨を慌てさせるのだ。

風呂は特に危険だった。

舐めるような視線にも戸惑ったが、今の大牙は見るだけでは飽き足らず、隙を見ては身体のあちこちを触ってくる。存在すら忘れていた胸の飾りも、どことなく淫靡な仕草で触れられるとにわかに敏感な場所に変わってしまうから恐ろしい。

この日もシャンプーの泡で目が塞がっている状態で、さわりと両方の突起を撫でられた。

「…ひゃ」

「馨、けっこう胸が敏感なんだよな」

「人が頭洗ってる時にそういうことするのやめて」

次に狙われる場所を死守するために膝を閉じて、急いで泡を流す。うっかり育てられてしまい、慌ててトイレに駆け込んだのは昨日のことだ。

かなり淡白で何週間もお世話にならなくても困らないはずの馨が、右手に仕事を頼んでしまった。

確信犯の大牙は気付いていただろうから、かなりバツが悪かった。

「いいじゃないか。感じやすいの、俺好きだぞ。昨日はせっかくのところで逃したけど、出すとこだって見たかったのに」

「………っ」

馨は無言でシャンプーを手に取ると、お湯をざばっと振りかけ大牙の頭をガシガシ洗った。気持ちよさそうに目を閉じて大牙は言う。

「極楽だー。俺、馨に洗ってもらうの大好きだ」

「…なんだか犬みたい」

「俺は狼だぞ」

お湯で泡を流してやると、黒く輝く瞳を開いて大牙が馨を見つめる。

「亜礼が来て、鏡を直してもっと力が集まったら、大きい俺の姿を見せてやる」

それから顔を近付けて唇に触れながら囁いた。

「狼の姿もな」

馨は逃げることを諦めた。一度触れ合った唇は、二度目からはまるで意思があるかのように、自然に互いを求め合う。軽く啄むようなキスはもう挨拶のようなものになっていた。

「狼の俺はカッコイイぞ」

笑う大牙を見て心臓がドキドキするのは、身体が温まっているせいだと思いたかった。

「亜礼のやつ、早く来ないかな」

「そんなに亜礼くんに会いたいの？」

「うん…。もう、待てない。あの欠片が本物なら、すぐにも嵌めてもらいたい」

そんなに会いたいのか…。

軽い同情が芽生える。神様として祀られなくなった大牙には、影御魂のほかにあまり仲間がいないのかもしれない。せっかく四百年ぶりにこちら側に来たのに、なかなか亜礼に会えないのは寂しいだろう。

向かい合って湯船に浸かりながら、大牙の額の傷を見つめる。濡れた髪を撫でてやると、また大牙が呟いた。

「亜礼、いつになれば来るかな」

「早く来られるといいね」

「馨もそう思うか？」

馨が頷くと、大牙はことのほか嬉しそうに笑って馨に口づけたのだった。

「馨ー。早くベッドに行こう」

湯から上がると、早々に大牙に促される。ベッドに入れば相変わらず必要以上に密着し、馨の上に身を乗り上げるようにして大牙はねだった。

「馨、ちゃんとした接吻(せっぷん)がしたい」

返事をする前に柔らかい感触に唇が塞がれた。

大牙のキスは子どもとは思えないほど巧みで、小さな舌で口の中を舐められると、馨の頭からは常識やモラルといった言葉が消えていった。

それでもさすがに、未熟な雄(おす)で中心を擦(こす)られると、一人だけ昂(たかぶ)ることが憚(はばか)られ、理性をかき集めて抵抗した。

「大牙、もう終わり」

大牙は唇を尖らせる。

「なんでだよー」

「ちぇ。早く亜礼が来ればいいのに」

「連絡あったんだから、そのうち来るよ。そろそろ悪戯やめて寝よう」

「もう一回接吻してからな」

欠伸を噛み殺しながら大牙が言う。

「馨が大好きだ」

ぎゅっとしがみついて囁く大牙に「僕も大牙が大好きだよ」と答えて、小さな背中を撫でた。やがて大牙は黒い耳を震わせて寝息を立て始める。

愛しいと思う気持ちに偽りはなかった。

翌週も雨は降ったり止んだりで、梅雨らしい天気が続いた。

野崎の担当先が割り振られ忙しさが増したが、大きなトラブルもなく仕事はまずまず順調だ。寶水酒蔵の案件も滞りなく進んでいる。和と水、あと一つ何か、イメージをまとめる象徴になるものが欲しい。

雨上がりの夜道を歩いていると、通りの角の祠のそばに紫陽花を見つめる大牙の姿があった。

「大牙、どうしたの？」

「馨を迎えに来たんだ。そしたらこれが綺麗だったから見てた」

街灯の下の薄紫の花は少し赤みを帯び始めていた。

紫陽花は、土の性質だけでなく花の新しさによっても色を変える。咲き始めは緑がかった白、それから徐々にそれぞれの花の持つ色に変わり、有機酸が蓄積されるに従って赤みを増す。

花と呼んでいる装飾部は実際には萼、つまりヘタの部分だ。その萼が丸く集まって一つの花を形作る。一般に土が酸性に近ければ青い花を、中性やアルカリ性に近い時には赤みを帯びた花を咲かせる。

変わる花の色が「移り気」を連想させる。雨に濡れて瑞々しく咲く淡い紫。

「紫陽花か…」

最初に寶水酒蔵の会議室で商品のサンプルを目にした時から、この色合いが頭の隅にあったように思う。寂しげなのに温かい優しい紫。気になるのは、花言葉だけだ。移り気というどちらかと言えばマイナスイメージに取られやすい言葉をクライアントがどう思うか。

和と水、そして紫陽花。

頭の中にCMのイメージができ上がっている。

（どうする…？）

だめなら会議でチェックが入る。最終的にはクライアントが判断するだろう。提案するだけしてみようという気持ちになった。そうと決まれば、早く家に帰って考えをまとめたい。大牙とともに灯り(あか)の下から人通りのない路地に向かって歩き出した時だ。

マンション脇の植え込みから黒い人影がふらふらと現れた。

「の、野崎さん…？」

「おまえ、寶水の新事業の案は全部そのモバイルにファイルしてるのか」

野崎が馨の鞄を指差した。

その通りだった。社内のデスクトップを誰かが、おそらくは野崎が、開いている。そう思った馨は、会議前の資料を敢えて同期させずにおいたのだ。

「それが何か…」

野崎の手が伸びる。馨はとっさに鞄を抱え込んだ。酒臭い息がかかる。相当飲んでいるようだった。

「寄越せよ。使える案だったら、それを持って一営に行く。エメラルドかラファムのチームに拾ってもらうんだ」

「そんなことしてどうするんですか」

人の案を盗んで仕事を得て、それで続けていけるとでも思っているのだろうか。

「うるさい。とにかく評価されなきゃならないんだよ。いつまでも御用聞きみたいな仕事ばかりやってられるかよ。企画がやりたくて、俺は白香社に入ったんだ。それを、おまえのせいで…」

言っていることが滅茶苦茶だ。馨が身を引くと野崎が摑みかかってきた。

「鞄を寄越せ」

「やめろっ！」

大牙が割って入る。だが、すぐに野崎の手に払いのけられて道路脇に転がされてしまった。

「大牙…！」

鞄を抱えた馨を野崎が壁に押しつける。

激しい怒りが大牙の全身を包んだ。見る間にその身体が変化し始める。

「馨を離せ」

「大牙」

野崎の背後に立つ大牙を馨は驚きの目で見つめた。野崎が酔いの回った目を何度か瞬いて、どこか呆然と大牙を見ている。

大牙は、柴犬ほどの大きさの子どもの狼の姿に変わっていた。

「なんだ、この犬は…」

「犬じゃない。俺は狼だ。おまえだろう、馨を困らせて泣かせたのは…、許さないからな」

「い、犬がしゃべった」

「犬じゃない！」

「うわ…っ」

慌てて逃げかけ、野崎は尻もちをついた。大牙に飛び掛かられて頭を抱える。必死で身体を捻り、這（は）うように逃げる背中を大牙の前足が擦（かす）めた。スーツの背中が裂ける。

そのまま大牙は襟首を牙で捕らえた。

「人間の首を噛み切るのなんか簡単だ。俺の馨に、二度と近付くな」

「ひ、な、なんだよ、やめろ。離せ…っ」

馨は慌てて大牙を止めた。

「大牙、そんなことしちゃダメ。野崎さんを離して」

「嫌だ。こいつは馨を泣かせて、今も馨の大事なものを奪おうとした。殺しておいたほうがいい」

殺す、と言われて野崎の酔った顔が引きつった。

「な、なんだって…」

酔いと恐怖で紫色に変わった顔で野崎が恐る恐る振り返る。自分の背中を押さえつけている黒い動物を目にすると、逃れようと暴れ出した。大牙の牙がスーツの襟を食いちぎった。

「ひぃ…っ」

「大牙、野崎さんはお酒に酔ってるだけだから…っ、今度だけ許してあげて」

逃げる野崎の足に大牙が嚙み付く。

「ぎゃああっ」

「大牙！」

馨に押さえ込まれ、ようやく大牙は力を緩めた。野崎の足からは血が滴(したた)っている。

「い、痛え…っ」

半泣きになって野崎は足を抱えた。

馨に抱えられた大牙が低く唸る。野崎は顔を引きつらせて後退った。

「野崎さん、もう行ってください」

馨の声に野崎は顔を歪め、よろよろと立ち上がると、片足を引きずりながら通りのほうへと逃げてゆく。

「大牙…」

黒い背中を撫でながら馨はため息を落とした。

「人を傷つけないで」

「馨、なんでだ。おまえを守ろうとしただけなのに。あいつに仕返ししただけだ」

「うん。ありがとう。鞄を取られなくて助かった。でもね」

もう一度背中を撫でて、馨は子ども狼の大牙を抱き締めた。

「大牙が人を傷つけたり、まして命を奪ったりしたら、僕は悲しい」

「馨のためでもか？」

「僕のためなら、もっと悲しい。大牙の中に、僕のせいで憎しみが生まれるのは嫌だ。大牙には笑ってて欲しい」

「でも、あいつは悪いやつだ」

「うん。野崎さんは悪いことをした。だけど、許してあげよう」

大牙の瞳と目を合わせ、額の傷に触れた。

「許してあげて」

黒狼の姿が霧のように空気に溶けて、やがて人形に戻った大牙が馨の腕の中で頷いた。

「わかった。馨が言うなら、許す」

惣菜屋に寄り、大牙の好きな竜田揚げを買った。一人の時も時々寄っているらしく、大牙は以前メンチカツをおまけしてくれた青年と顔見知りになり、言葉を交わすようになっていた。馨以外の人間とも馴染み始めていることを知って嬉しくなる。

マンションの階段室で馨は大牙に聞いた。

「あの人と友達になったの？」

「まあな。あいつは嫌いじゃない」

軽く答えて、大牙は階段を一段飛ばしで上ってゆく。

耳としっぽのない後ろ姿は、普通の可愛い小学生に見える。平日の大牙は、残りの欠片を探して神社や寺を回っているらしかったが、学校のある時間に一人で歩いていて大丈夫なのだろうかと気になった。

「大牙だけでいて、大人やおまわりさんに何か言われたりしない？」

「別に何も言われないぞ。落ち着いて行動していれば、案外気にするやつはいないみたいだ」

「そっか。でも、気を付けてね」

「大体、俺が階段を下りたりエレベーターとかいう機械に乗ったりしても、ここの人間は誰も気にしないし、みんなお互いに無関心なんだ。これなら他人の目をごまかすのは簡単だよな」

世間の目というものがない。自分の心だけごまかせば、ほかの誰にも醜い内面を知られなくて済むのだと大牙は言った。昔とは違う形で影たちは人間に無視されているようだと。

鏡が割られた戦乱の世には、抑えきれないほど大きな悲しみや恨みが生まれ、それを受け止められずに人は心を麻痺(まひ)させた。そのために物の怪が世に溢れた。今は、どちらかと言えば保身のために、自分に嘘をついて悪い心から目を背けている者が多い気がすると大牙は続けた。

「いい人間でいたいんだろうけど、だからって自分は正しいと言い張る必要なんかないのにな」

「そうだね」

「あの野崎って野郎も、まだ自分は何も悪くないって思ってるんだ。あんなに強い妬みや憎しみを持ってるくせに、全部まわりのせいだと思ってる。物の怪の姿が見えるようになっても、ただ追い払うだけの人間の見本みたいなもんだな」

　ふと、馨は気になった。このところ影御魂の姿をあまり目にしていない。

「大牙、そういえばギギたちはどこに行ったんだろう。数が増えているなら、もっと見かけてもいいはずなのに」

「ああ…。あいつらなら、あまり人が来ない場所に隠れさせている。人間のいるところで実体を結ぶと、いつかみたいな騒ぎになるからな」

「人が来ないところ？」

「樹海とか山奥。昔、俺が護っていた山みたいに深い森があるところだ。今、そういう場所に行くと、あいつらがいっぱい見えるだろうから人間はびっくりするぞ」

　滑稽だ、と言いながらも大牙の目は笑っていなかった。

　驚き、恐怖した後、人は影御魂を厭い遠ざけるだろう。それを大牙は知っている。

　人に疎まれて居場所のない影御魂たちの悲しみも知っている。知っていて、大牙は人に近付くなと命じる。

初めてカエンが馨の手を舐めた時、大牙はすぐに「控えろ」と言ってカエンを止めた。

もともとは人の一部だった彼らを、穢れと呼んで人は遠ざける。自分は正しいと信じる真っ白な光の世界に、影が落とす染みを認めない。

それも知っているから、大牙は影御魂が光に手を伸ばすことを禁じ続ける。それが大牙の、影御魂の王としての役割なのだ。

そんなふうに大牙はずっと、一人で彼らの悲しみを引き受けてきたのだろう。

階段を上り切って外廊下に出ると、上がっていた雨が、いつの間にかまた降り始めていた。

「大牙が護っていた山って、今もある？」

「あるぞ」

「ここから遠いの？」

「そんなに遠くない」

聞けば関東圏の山の一つだった。日帰りで行けない距離ではない。ギギたちがそこにいるのなら会いに行きたい気がした。

「今度、行ってみるか？」

「行きたい。でも、行っても大丈夫なのかな」

新しい神様がいると聞いた。その神様が怒ることはないのだろうか。

「怒りはしないだろう。別に山をどうこうしようってわけじゃない。それに、今あの山に祀られているのは俺とは兄弟に当たる神だ」

「兄弟？　大牙、兄弟がいるの？」

「ああ。兄に当たる神が一柱いる。ほぼ同時にできた山のうち、つながりが深いものに宿った直霊を兄弟神にしたらしい」

「へえ…」

「兄弟神は別に珍しくもない」

ほかにも双子の神、親子神、夫婦神などがいるという。イザナギ、イザナミに始まって、神話の中でも神様の夫婦親子兄弟関係はよく記されていたのを思い出した。それでも、身近な例で聞くとやはり興味深い。

「俺と兄貴の付き合いはそれほど深いほうじゃないが、すごく仲のいいのや逆に悪いの、半身のように深く結びついているやつらや、仲がいいわけでも悪いわけでもないのにいつも一緒にいるやつら、つながり方はいろいろだな。一柱だけで独立している者も多い」

「そうなんだ…」

人間と似ていると思った。

「亜礼くんにも、つながっている神様がいるのかな」

「亜礼…？」

玄関を開け、靴を脱ぎながら大牙が不思議そうな顔になる。

「亜礼には何かいたかな…。変だな。どうだったか、忘れた」

その時、急に声が聞こえた。

『僕につながる神なんかいないよ』

リビングのドアを開けると、ちょうど亜礼がソファの横に姿を現したところだった。

白っぽい麻の単衣(ひとえ)に、金糸を織り込んだ白い角帯を締め、背中の低い位置で髪を結んでいる。今日の亜礼は、神様らしい雰囲気だ。

「亜礼」

「お待たせ」

「おう。待ちくたびれたぜ。何やってたんだよ」

嬉々(きき)として迎えた大牙とは対照的に、亜礼の表情は複雑だった。

カウンターの上の鏡と欠片を手に取ると、亜礼はソファに腰かけた。

「どうだ?」

「うん。鏡の一部だと思う。でも、どうして…」

亜礼の眉間(みけん)に皺が寄る。欠片がこれで全部ではないことが、やはり納得できないようだ。

「大牙…」

「なんだ」

「どうしてだろう。鏡が割れた時の記憶がどこにもない。そんなことあるはずないのに…」

これまで亜礼は、自分が協力して作った文書記録のデータベースを調べていたという。亜礼の記憶のデータベース化は、コンピューターの計算能力が進歩したために某財団が始めた事業なのだそうだ。そんなことが現実に行われていることにも驚いたが、精度を落としても亜礼が持つ記憶は膨大過ぎて記録しきれないと聞いて馨はさらに驚いた。

「それに、欲しい記録を取り出すのにすごく時間がかかるんだ。あれじゃ全然使えないよね」

亜礼という神に機械が追いつくのは、まだずっと先のようだ。

「それでもね、あの記録は、僕が何かを忘れた時の助けになることに気付いたんだ。…そんなことがあるはずないし、あってはならないことなんだけど、実際に鏡のことを思い出せない以上あれを調べてみるしかないと思って…。でも、やっぱり鏡が割れた時のことはどこにも書かれていなかった」

最初から、そんな出来事はなかったかのように。

「大牙、この欠片を嵌めるのは、ほかの欠片が全部揃ってからにしないか？」

「どうして」

「わからないことが多過ぎるんだよ。鏡を割った記憶がないなんてこと、僕は未だに信じられない…。僕の記憶から何かを消すことなんて誰にもできないはずなんだから。だけど、鏡は割れている。誰が割ったのか、どうしてそれが、僕の記憶の中にないのか、それに…」

亜礼は鏡を手に取った。

「欠片がどうして二つじゃないのか…。二つじゃないってことは、ほかの誰かが関わったのかもしれない。でも、だとしたら、それは誰なんだ」

鏡に関すること以外にも、ところどころ記憶が曖昧なものがあるようだ。それについても調べていたけれど、やはり記録がないという。

「亜礼の記憶を、そのなんとかいう機械に覚えさせているんだろう。だったら、亜礼が覚えていないことはそいつにも書かれてなくて当たり前なんじゃないのか」

「でも、だったらいつから僕は記憶の一部を失ったんだろう。つい最近のことじゃないのは確かだとしても…」

「鏡のこと以外におまえが思い出せないことって、なんだ？」

亜礼は指を二つ立てた。

大牙の補佐役に、記憶の神である亜礼が就いているのはなぜか。

最初の欠片が馨だけの力で嵌められたのはなぜか。

馨が何気なく聞いたものもある。完全主義者の記憶の神様は、尋ねた馨以上に答えを持たないことに危惧を抱いて、自分の記憶のバックアップとも言えるデータを探していたようだ。

「屈辱（くつじょく）だよ」

白い布を汚す小さな染みを忌むように亜礼は呟いた。記憶の一部を失うことは、亜礼にとって、まわりが想像する以上に重いことのようだ。

「僕が僕である意味がなくなる」

床に胡坐をかいた大牙が、亜礼を見上げる。

「だったらなおさら、早く鏡を直したほうがいいんじゃないか。何か思い出すかもしれないし」

「だけど、中途半端に修復するのも危険じゃないかな。鏡の面が大きくなれば影御魂の数も増えるだろう？　戻れないままたくさんの気が出てくるくらいなら、全部の欠片を集めてから完全に直すほうがいいような気がする」

「残りの欠片は、あといくつだと思う？」

亜礼は首を振った。

「三つ以上に割れたのなら、鏡を造る時に、僕とあの陰陽師のほかにも誰かいたことになる。だけど、そんな覚えもないんだ…」

ソファの背もたれに身体を預けて、亜礼は宙を仰いだ。

「ただ、そんなに大勢が関わったはずはない」

「そうだな」

人間でも神でも、ものに力を宿すことは命を預けるようなもので、そんなに容易なことではないのだという。

神器は人が造り、神の真名（まな）を刻むことで双方の力を宿す。神器にとって神は真名を刻んだ者に固定されるが、人は寿命が短いので、ただ『人』として定められる。

「壊す時はその力を抜き取ればいい。つまり…」

ふいに大牙は、首を傾げて眉を寄せた。

「なあ、亜礼。俺、ちょっと今、変だと思ったんだけど、おまえ、人間を殺せるか？」

突然飛び出した不穏な言葉に馨は視線を上げた。

神器を造ることが簡単でないのは、むしろ壊すことが難しいからだ。壊すためには宿した力を抜き取る必要があり、人ならば命そのものを、神ならば真名を失う。

「水面鏡みたいに人と神とが深く関わって造ったものなら、どっちかの力を抜き取れば鏡は壊れる。だけど、その方法はたぶん、人間に鏡を持たせたまま亜礼がそいつを殺すか、人間におまえの真名を削り取らせるかするしかないんじゃないか」

「真名を失えば、僕は存在を忘れられる」

「ああ。つまり亜礼は亜礼じゃなくなる。本体の白蛇にでも姿を変えて、亜礼自身にも俺たちにも忘れ去られるはずだ。でも、亜礼はなんともない」

亜礼は目を閉じた。

「だったら、僕が人の子を殺めたことになる」

「いや、そうじゃない。ほかに誰かいたんだ。人間が供物に捧げられるのは珍しくないから今まで気にしなかったが、よく考えたら亜礼が自分の手で人間を殺すことなんかできないだろうからな」

（真名を削り取る…？）

馨の脳裏に閃くものがあった。考え込む大牙と亜礼を交互に見ながら口を開く。

「削られた文字…。亜礼くんの名前と一緒に、削られた文字があった…」

すぐに消えてしまったので忘れていたが、鏡には確かに、削り取られた文字が亜礼の名とともに残されていた。

亜礼が身を起こし、傍らに立つ馨を見上げた。

「いつ？」

「最初の欠片を嵌めこむ前に、鏡の縁に小さく刻まれてたんだ」

「そいつだ。やっぱりもう一柱、鏡に力を与えた神がいたんだ。そいつが鏡を割ったんだ」

「人の手で真名を削らせたのか…？」

どうして、と眉根を寄せる亜礼に馨は尋ねた。

「人が勝手に名前を削ったってことは？」

「知識も何もなく、そんなことができるとは思えない。鏡を見ることのできる人間じゃないと無理だし、そもそも真名はそう簡単には現れない」

つまり、名前を消された神のほうが、積極的に鏡の破壊に関与した可能性が高いということか。

考え込んでしまった亜礼に大牙は言う。

「何かよほどのことがあったのかもな。そうすると、欠片はあと一つってことになるな。すぐに見つけるから、今あるのだけでも先に嵌めようぜ」

「嫌だよ。水面の裏側に鎮める方法がないまま、多くの影御魂が通り抜けてくるのが心配だ」

亜礼の言葉に大牙はやや不機嫌になった。

影御魂たちはもともとこちら側にいた気で、水面の裏側に鎮めたのは人間の勝手だ。どれだけ多くの影御魂が出てきたとしても、文句を言う筋合いはないと抗議する。

「それは、そうだけど…」

「今だって、俺の言いつけを守ってあいつらは大人しく隠れてる。数が増えても、騒ぎは起こさせない。だから欠片を嵌めてくれ」

出てくるだけではなく、棲み家である水面の裏側に自由に戻れる状態になるほうがいいのではと言う亜礼に、大牙は、とにかく自分が待てないのだと食い下がる。

「どうして待てないんだ？　四百年以上も待ったんだから、あと少しくらい…」

「だめだ。待てない」

なぜと訝しむ亜礼に、大牙は「待てないものは待てない」と頑是ない子どもの答えを返した。

「とにかく、あいつらのことは俺がちゃんと諌める。残りの欠片も、できるだけ早く集める。だから、その一枚だけでも先に元に戻してくれ」

それでも亜礼は、なかなか「うん」と言わなかった。

「…ナカッタコト」

馨が呟くと、亜礼がかすかに肩を揺らした。

「さっき、亜礼くん、一つ数え忘れていたよね。亜礼くんが思い出せないもの…。ナカッタコトの存在を、どうして亜礼くんは知らなかったんだろう」

そもそもナカッタコトとはどういう存在なのだろうか。

「ナカッタコトか…。確かにあいつはやっかいだな。相当でかい気だし…」

神になりそこなった物の怪か何かかもしれないと大牙は言う。首を傾げる響に、亜礼が補足する。

「神も物の怪も、直霊を一柱持つ気であることは同じなんだ。ただ、宿る場所や役目があれば神として存在するし、そういうものを持たずに彷徨うと物の怪と呼ばれることが多い」

人間が勝手にそう呼ぶだけだと、大牙が憮然と付け加えた。

「人から見れば、行き場のない気は不安定な存在なんだろうね。よく大きな沼を埋め立てたり、神木とされる木を切ったりする時に石碑を建立することがあるね。あれも気を鎮めて物の怪を生まないためにしていることだと思う」

「じゃあ、ナカッタコトもそういう行き場のない気ってこと？　そういう気が大牙たちの棲み家に迷い込んだの？」

「迷い込んだにしては、あの気は大き過ぎる。敵なのか味方なのかもわからない」

「大牙ほど大きな気を持つ怪物なら、もし敵だった時どうすればいい？　暴れたりしたら…」

「その時は、俺がなんとかする」

はっきりと告げた大牙を、亜礼は訝しげに見据えた。

「でも、大牙は人間が嫌いなんだろう？　僕には隠してるけど、影御魂が受けた仕打ちに対して報復するつもりだってことくらい知ってるよ」

もちろん、止めるつもりだけど、とため息を吐く亜礼に、大牙は首を振った。

「仕返しなら、しない。人間は全体としてはまだ好きになれないが、いいやつもいるのはわかった。それに…」

ダイニングの椅子に腰掛けた馨を振り返って、大牙は穏やかな面持ちで続けた。

「俺がそんなことをしたら、馨が悲しむ」

馨は驚いた。亜礼も目を瞠っている。

「馨が大事だ。ナカッタコトが暴れた時は俺が抑える」

約束する、と真摯に繰り返す大牙を見下ろし、亜礼はようやく頷いた。

「…わかった」

指示を受けて、馨はローテーブルの上に置いた鏡に両手を添えた。亜礼が欠片を置くと、新しい欠片は先にあった別の欠片や金属の枠と溶け合い一枚につながった。

鏡の表面に波が立つ。

水底を思わせる闇が現れ、そこから一塊の影が通り抜けるのがわかった。大牙の姿が一度空気に溶けるように薄くなり、再び濃くなって像を結び始める。

徐々に現れる大牙の姿に馨は息をのんだ。影は見る間に大きくなってゆく。

「よし」

低い声が高い位置から発せられた。

「馨。よく見ろ。これが本来の俺の姿だ」

そこには馨や亜礼より頭一つ背の高い黒髪の男が立っていた。鍛え抜かれた武人のような体躯に山伏の装束に似た黒い着物を着けている。見上げた顔には小さな大牙の面影があったが、整った面差しの印象ははるかに力強く、漂う色香も含めて大人の男のものだった。

(これが…大牙の本当の姿…)

馨の心臓は、急に息が苦しくなるほど騒ぎ始めた。

黒狼の化身、物の怪の王。この世で最も強いとスサノヲに認められた男。

本来の姿を見たら、クラクラして一目ぼれする。いつかそう言われた時は笑って済ませたけれど、今の馨は笑えない。

「どうだ。カッコイイか」

ゆっくり頷き返すのが精いっぱいだった。胸の鼓動が苦しくてうまく言葉が出てこない。

馨の動揺をよそに、大牙は得意げな様子で胸を張る。

「黒狼の姿はもっとカッコイイぞ。いいか。見てろよ」

いつかのように息を止め、目を閉じて集中する。そして、カッとその目が開かれた時に、またあのポン！　という音がした。

馨は目を瞬いた。

亜礼も一瞬絶句する。すぐに、耐え切れなくなったように笑い始めた。

自分の身体を確認した大牙が、頭に生えた耳と尻のしっぽを見つけて呆然とした。

「どうしてだ」

「黒狼の気は、大きいからね。全部は抜けられなかったみたいだな。…あいつも」

水面鏡を覗いて、亜礼はほっと息を吐いた。大牙の気が全部抜けられない今の水面鏡からは、ナカッタコトも通り抜けることはできないようだ。

「やっぱり相当大きい気なんだ。部分的に抜けてくることもなさそうだね」

亜礼の隣で、馨もようやく一つ息を吐いた。

「カッコイイよ、大牙」

大きくても、大牙は大牙だ。手を伸ばして耳の横を撫でた。

やや気まずそうだった大牙が、安心したように頬を緩める。黒い瞳が馨の唇をじっと見つめた。再び心臓が小さく跳ねる。

「じゃあ、僕はそろそろ行くよ。最後の欠片が見つかりそうになったら教えて。できれば、次は万全を期して結界を張ってから欠片を収めたい。神器の欠片が出た場所なら張りやすいと思うから」

「わかった」

馨から目を逸らさないまま、大牙は亜礼に答えた。

亜礼の姿が消えてしまうと、急に気まずくなった。俯いて視線を逸らし、努めて冷静な声で馨は言う。

「…遅くなったけど、ごはんにしようか」

「馨」

頭の上から名前を呼ばれ、身体がビクリと跳ねた。

逞しい腕が伸びてきて馨を抱き締める。胸の広さに驚き、耳が熱くなる。

「大牙、あの…」

唐突に唇を奪われた。厚みのある舌が上顎を擦り、馨の舌を絡め取る。

大牙の言う「好き」がどんな種類のものかを教えるように、もっと別の場所からも馨の中に入りたいのだと訴えるように、太く長い舌が深い場所にまで差し込まれる。

心臓が強い鼓動を打った。

自分がどうにかなってしまいそうで、怖くなる。

「大牙…」

わずかに離された唇で名を呼ぶと、大きな手のひらが馨の腰を引き寄せた。密着した足の間に熱い塊が触れ、眼前に火花が散る。

「馨が欲しい。ベッドに行こう」

耳元で囁かれた瞬間、頭の中が真っ白になった。

ベッドへ…。

毎日使ってきた言葉が、全く違う意味を持って脳の中を駆け巡っていた。

馨は完全にパニックに陥った。何がなんだかわからないまま身体が動いていた。ガタンと大きな音がしてはっとなる。

見ると、大牙がソファに転がっていた。馨が突き飛ばしたようだ。

「…何すんだよ、馨」

「だ、だって…」

「馨だって、勃ってたじゃないか」

「そ…っ」

かあっと耳まで熱くなった。そんなはずはないと言いたいが、言い切る自信がない。

全力疾走の後のように、心臓がバクバクと騒いでいた。深呼吸を一つして息を整える。

「と、とりあえず、ごはんに…」

「腹が減ってるのか」

胸がいっぱいでそれどころではなかったが、とにかく頷いた。それなら仕方がないと大牙が引き下がるので、そのままそそくさとローテーブルの上に惣菜を並べ始める。

落ち着いた所作で竜田揚げを口に運ぶ大きな大牙を前にして、馨は箸を止めていた。この時になって、事態がさらに危険な方向に転がったことを、馨はようやく理解し始めていた。
大きくなっても大牙は大牙だ。けれど、大牙が小さかったからこそごまかせていた愛しさの形の微妙な変化が、今は容赦なく目の前に突き付けられている。ただ優しいだけの気持ちではない。身体の奥が疼くような、得体の知れない感情が馨の中に生まれている。それを、急には正視できず、馨は自分の心から目を逸らした。

食事の後は、狭いからの一点張りで、風呂には大牙一人で入らせた。

「今さら恥ずかしがっても、馨の身体は隅々まで観察済みだぞ」

大牙は笑ったが、馨のほうが視線のやり場に困るのだ。

男らしい骨格や無駄なく張りつめた筋肉を前に、馨の心臓は騒ぐことをやめなかった。

割れた腹筋も、盛り上がる上腕二頭筋も四角い箱型の臀部も、大牙の身体はどこからどう見ても男のものだ。確かに最高に色気のある身体だが、あくまで男としてのそれだ。なのに、長い手足と逞しい胸に、なぜこんなに自分が悩まされるのかが理解できない。

大牙は男で、自分も男だ。それははっきりわかっているのに、胸が苦しい。キスをしたのがいけなかったのだろうか。

けれど、そう思うそばから、甘い感触がよみがえり身体の奥が溶けそうになった。肉厚の舌に口腔を犯されて、下半身が反応したのは紛れもない事実だった。今も思い出しただけで、腹の下のほうに熱が溜まってゆく。

ため息が出た。

自分で自分を理解できないまま、大牙が上がった後の風呂に入る。昨日まで、悪戯を警戒しながらも大牙と一緒に沈んだ湯船に、一人身を浸した。

「どうしよう…」

大牙の意図はわかり過ぎるほど、よくわかる。わからないのは自分の意思のほうだ。

嫌悪感はない。けれど…。

あの逞しい身体に触れたら、どこか戻れない場所に連れていかれる。それが怖いと思った。

のぼせそうになるほど時間をかけて湯に浸かり、ゆっくりと寝間着代わりのTシャツとハーフパンツを身に着けリビングに立った。大牙の姿はすでにそこになかった。

「大牙…?」

どこかへ行ったはずはなく、リビングにいないのならトイレか寝室だろう。全部の気がこちら側に通り抜けたわけではないようだから、まだ大牙は眠いのかもしれない。ほっと息を吐いた時、寝室にしている隣の洋間から声が聞こえてきた。

「馨。早く来いよ」

弾むような声の調子に足が止まる。何をそんなに期待しているのだと問いたくなるが、愚問であることもまた百も承知だった。

恐る恐るドアを開けると、セミダブルのベッドの上で大牙が待っていた。

起こした上半身は裸だ。馨のTシャツは、今の大牙には小さ過ぎたのだろう。薄い夏掛けを腰から下に掛け、立てた片膝に腕を乗せて待ち構えている。見事な胸筋を直視できずに視線が泳いだ。

「馨、ほら」

夏掛けを持ち上げられて心臓が飛び出しかけた。子ども用パンツを穿けない場合、何を…と焦ったが、大牙の大事な場所は古式ゆかしい日本の下着――いわゆるフンドシ――に包まれていて無事だった。自分でも安心したのかがっかりしたのかよくわからずに息を吐く。

けれど、白い腰布一枚の見事な体軀がやはり心臓を刺激する。

早鐘(はやがね)のような鼓動を抱えたまま、馨はふらふらとベッドに歩み寄った。緊張し過ぎて頭がぼんやりしている。

「馨…」

腕を引かれてまろぶようにベッドに倒れ込んだ。そのまま裸の胸に抱き締められる。

「馨。好きだ。愛してる…」

抵抗する間もなく、上から覆いかぶさるように身体を組み敷かれた。唇が重なる。深く侵入し口腔を犯す舌に頭の芯がしびれてぼうっとなった。

愛している、と繰り返しながら、大牙は何度も角度を変えて唇を重ねた。喉の奥にまで尖った舌を差し込み、欲望を伝えるように深く貫く。左腕で馨を抱き込んだまま、右手がTシャツの裾から滑り込んできた。大きな手は骨の形を確かめるように脇腹を撫で上げたかと思うと、薄い胸を何度か擦めて、最後にまだ柔らかい胸の飾りを緩く摘まんで転がした。

「あ、…っ」

唇が解けてわずかに仰け反った。すぐに大牙の手に頭の後ろを掴まれ、再び口腔に舌を含まされる。

「ん、ふ…」

上顎や歯列の裏まで蹂躙されながら胸の突起を攻められ、封じられた喘ぎが逃げ場のない官能に変わって駆け上がる。腰が跳ね、足の間で熱を持ち始めたものが大牙の熱塊に触れた。すぐに強く押し当てられ、互いが密着するような形で緩く揺すられる。それだけで達してしまいそうになって、馨は怖くなった。

「や…っ」

力任せに腕を突き出し大牙の唇から逃れた。

荒い呼吸で見上げた大牙の目がわずかに眇められる。獲物を前にした獣のような光が浮かび、瞬間的に「食べられる」と怯えてきつく目を閉じた。

再び唇が合わされ、熱で滾った場所を擦り上げられる。

だめだ、と思った。

おかしくなる。何もわからなくなって、どうにかなってしまう。

「大…牙…っ」

首を振って唇を解き、大牙の名を呼んだ。

「大牙、大牙…」

ハーフパンツの上から尻の肉を強く摑まれ、身体が強張った。

「だ、大牙、終わり！　そこまで…っ！」

Tシャツを首の近くまでめくられ、乳首に歯を立てられながら、馨は叫んだ。叫んだ直後に、あ、と小さく喘いでしまったのがいたたまれない。

馨の胸を攻めながら、今まさにハーフパンツに手をかけていた大牙が顔を上げる。

「終わり？　これからなのに？」

「いいから、終わり。早く下りて」

「なんでだよ。せっかく男の身体になれたのに。なんのために亜礼を説得したと思ってるんだ」

「なんのためって…」

ギギたちのためではなかったのか。

「馨とやりまくるために決まってるだろ」

「や、やりま…っ」

「なあ。やらせて。俺、もう…」

焼けた鉄の塊のように硬い滾りが押し当てられる。再び尻の肉を摑まれて、馨は叫んだ。

「だ、だめ！　今日はもう寝るよ。明日も仕事があるし…っ」

「寝られるかよ。馨だってこんなじゃないか」

「僕のことはいいんだ」

膝を抱え込むように身体を丸めて大牙に背を向ける。

「かおるー、なんでだよー」

背中から抱き締め、馨の尻に熱塊を押し当てた大牙が腰を揺する。

「やらせてくれよー、馨ってばー」

耳を嚙まれて悲鳴を上げそうになったが、なんとか耐えて、きつく目を瞑る。必死の狸寝入りで大牙を無視した。

「なんでだよ、馨のケチ」

大牙が不満を訴える。背中に体温を、ついでに尻に滾った雄の熱を感じながら、馨はじっと目を閉じていた。

五分…。十分…?

まだ、大牙の一部が水面の裏側に残っているのなら、横になっているうちにきっと眠ってしまう。ひどいと思うが、それに期待した。もし、眠らなかったら…。

大牙を信じているけれど、強姦された時はされた時だと腹を括る。

じっとしていると、何度も「ケチ」と呟いていた大牙がだんだん静かになった。

馨を腕に抱き締めたまま寝息を立て始めた大牙は、最後にもう一度「好きだ」と呟いて、腰を揺らした。

後ろめたい気持ちが胸に広がる。やがてそれは切なさに変わった。

大牙を騙した気分になり、心が痛んだ。けれど、今の馨にはほかにどうすることもできないような気がした。


相変わらず降ったり止んだりの梅雨空の下、馨は家路に就いていた。

仕事は順調に進んでいたが、気分は天気同様はっきりしない。

昨夜に続いて今朝も、大牙から際どいセクハラを受けた。騙すようにして眠らせてしまったことを後ろめたく感じたのは最初だけで、朝の忙しい時間の中で事に及ぼうとする大牙に断固抵抗して険悪な空気になった。キス一つでも小さな大牙にされるのとは全然違うのに、下半身を押し付けられると、大牙がもはや子どもではないという事実をまざまざと思い知らされて眩暈(めまい)がする。

明確に尻を狙う指の動きにも大いに戸惑う。話に聞く物理的な痛みも脅威だが、馨はもっと別の、身体の奥に生まれ、自分を惑(まど)わせる甘美な波の強さに恐れを抱いていた。

自分が根底から変わってしまいそうな気がして怖かったのだ。

一日の仕事を終え、もやもやした気分でいつもの惣菜屋を覗く。価格はやや高めでも、夜遅くまで営業していて野菜のメニューが多く味もよいのがこの店の魅力だ。大牙のお気に入りでもあり、引っ越し以来、ずいぶん通っていた。定番品のほかに、時々内容が入れ変わるコーナーがあるので飽(あ)きることもない。

久しぶりに山芋とオクラのサラダを見つけ、少し迷った末に買い求めた。セクハラ大牙に、ささやかな仕返しをしたい気分だったのだ。

「…ネバネバ」

「好き嫌いはだめだよ」

「嫌がらせか。なんでだ」

ちょっとかわいそうだっただろうか。

そう思いながらチラリと大牙を見ると、視線がかち合った。不機嫌に馨を睨んだ大牙が、いきなり手を掴んで、馨を椅子から下ろした。そのまま床に押し倒す。

「な、何す…っ」

「意地悪するからだ」

抵抗する間もなくシャツの前をはだけられた。大牙の手がテーブルの上のサラダを取ったかと思うと、山芋とオクラを馨の胸の上に広げ始めた。

「ひゃ…っ、何す…」

冷たさに身が竦む。起き上がろうとする身体を大牙が押し留めた。

「動くな。零れる」

「食べ物をそんなふうに…」

「無駄にはしない。工夫して食べるだけだ」

馨を押さえつけたまま、大牙は山芋を舐め始めた。馨の胸の中央に載せたネバネバを左右に広げながら少しずつ口に含んでゆく。

「ひ、くすぐった…」

「ちゃんと全部食うから、そのままじっとしてろ」

本当に食べているのがわかった。起き上がったり暴れたりすれば山芋とオクラが落ちると思うと動くことが躊躇われる。

言われた通りにじっとしていたが、左右の突起を執拗に舐められると、じんとしたしびれが身体の裡から湧き上がり震えが走った。

「ん……」

目を閉じて耐える。

「やっぱりここ、感じやすいな」

「ん、あ…、あ…っ」

必要以上に舐められて腰が浮き上がる。広げたものがあらかた口の中に消えた後も、大牙は馨の胸を舌でたどり、唇や歯で敏感な部分を刺激した。

大牙の右手が馨の股間に伸びた。スラックスの中で反応し始めたものを包み込み、器用な仕草で揉みしだく。

「あ、や…っ」

「素直になればいいだろう。ここだって、こんなにしてるくせに」

「大牙、や…だ…っ」

「嫌じゃない。怖くもない。俺も同じだ」

ほら、と馨の右手を取り、その手に着物越しの自身の熱を握らせた。触れたものの圧倒的な質量に目が眩む。

「好きな相手に触れれば、誰だってこうなるだろ」

熱い吐息とともに囁かれて喉が小さく鳴る。心臓が早鐘を打つ。身体の奥が熱くなり、中心が切なく張りつめて辛くなった。

泣きそうな気分に襲われたところで、大牙に唇を塞がれた。舌を絡めていると、何もわからなくなる。

「馨、好きだ…」

囁きながら、大牙がスラックスのベルトを抜いた。

「欲しい。馨の中に入りたい…」

袴を床に落として、白い布越しの猛りに馨の指を導く。

「これで…」

「や…」

「なんで」

馨は必死に言葉を探した。

「か、かゆい…」

その言葉に、再び唇を塞ごうとしていた大牙が動きを止めた。馨の身体を見下ろし、白い胸に残る赤い筋に指を這わせる。

「ネバネバか。悪かった…」

大牙の力が緩んだ。その隙に、馨は大きな身体の下から逃れ出た。

中途半端に絡んだシャツとスラックスを脱ぎ捨て、浴室に駆け込む。

熱いシャワーで胸元の粘り気を洗い流し、張りつめた中心を右手で握った。

「ん…、あ……」

指を動かしかけたその時、ポリスチレン樹脂（じゅし）のドアが開いた。裸の大牙が立っていて、慌てて目を逸らす。

「一人でするなよ」

狭い洗い場に踏み込んだ大牙が背後から馨を抱き竦め、尻に滾りを押し付けた。

「あ、やだ…っ」

立ったまま背中から雄芯（ゆうしん）を捉（とら）えられ、抗議の言葉が漏れた。

「やだ…、大牙…っ」

「嫌じゃないはずだ。こんなに硬くなってる」

「やだ…、や…だ、あぁ…っ」

きつく閉じた蕾(つぼみ)に熱いものが触れて、馨の身体はビクッと跳ねた。

「硬過ぎるか…。…っ」

何度か入口を先端で押された後、閉じた腿(もも)の内側に大牙の熱塊を挟み込まれた。馨の喉から悲鳴に近い声が漏れる。

「ひっ！　や、な…、何する…っ」

「ほぐれるまで待てない。今はこれで我慢する…。じっとしてろよ…」

馨の前を捉えたまま、荒い息を吐いて大牙が腰を揺らし始めた。動く度に、熱の塊が馨自身を刺激して、抑えようとしてもはしたなく声が上がってしまう。

「あ、あ…、や、あぁ…っ！」

「…馨、馨」

「やだ、大牙…っ」

壁に手をつき、左右に首を振ってやめてと繰り返す。言葉と裏腹に身体の中心が重く熱を持って張りつめた。解放を求めて頭の中に火花が散る。

「ああ、あ…、や…」

いきたい。いかせて…。言葉にできずに涙が零れた。

「ああ、大牙…っ」

「馨…」

大牙の動きが激しくなり、熱を含んだ声が囁き続ける。

「馨…っ、馨、いく…っ。おまえも、……っ」

くっというくぐもった呻きとともに、熱い液体が足の間に迸った。強く耳を噛まれて耐え切れず、馨の中心も大牙の手の中で奔流を吐き出す。

「ああ、や……っ」

弾け散った飛沫が壁を白く汚した。流れ落ちるシャワーの湯に二人分の白濁が溶けてゆく。

排水口に消えてゆく半透明の液体を見下ろし、馨は泣きたくなった。

「……バカ！」

突き飛ばすように大牙の腕を逃れ、雫をまとったまま洗面所に走り出た。

「なんで怒るんだよ」

困惑した大牙の声に答える余裕はなかった。


スマタで抜かれ、自分も手でいかされた。頭痛がする。

山芋にかぶれて、胸もかゆい。

ケンカめいたやり取りの後、馨は断固として先に寝てと言い張り、パソコンの前から動かなかった。大牙がベッドで眠った後、一人ソファで横になった。頭痛は寝不足のせいもあるかもしれない。

大牙は拗ねてしまい、必要最低限しか口を利かず笑顔も見せない。馨に触れてくることもなかった。小さかった時も、大きくなっても、事あるごとに馨を好きだと言って抱き締め、キスをねだってきたのに…。そう思い、たった半日余りで寂しさを感じている自分に気付く。

けれど、そこから先をどうすればいいのか、馨にはわからなかった。考えることが怖い。

あと少し、時間が欲しい。

自分に向き合う勇気が持てるまでの、花が自然にその色を変えるような、命そのものが持つ変化のための時間が欲しいと心の中で繰り返し、考えることから逃げた。

鏡の中の自分に見つめ返されて、ため息が落ちる。

気持ちが不安定なまま素顔でいるのは胆力が必要で、馨は自分の弱さを許し、今朝は再び眼鏡をかけて出勤した。街の中でも勤務先のビルに入ってからも、人の波に紛れて誰にも顔を見られることはない。慣れた無関心に心が安らいだ。本当の心など今は誰にも見せたくなかった。

この日はようやく配属された応援メンバーとともに、それぞれの案を吟味し、寶水酒蔵への第一案を協議することになっていた。

すでに先行して流しているスポットＣＭは、今から決定される内容に影響しないものだ。「この夏、何かが始まる」程度の告知で、白とラベンダー色をメインにした画面がイメージカラーに絡めてある。

新ブランドの名称や寶水酒蔵の名は一切出していなかった。

そんなCMがよく通ったものだと思うが、「どこのCMかわからない」ということが逆に人々の興味を引き、少しずつ注目され始めていた。最終決定に至らないブランド名を逆手に取った加納の戦略だ。さすがだと感心するしかない。

案を出し合う中、加納のものはやはり群を抜いて垢抜けていた。新しい化粧品ブランドにふさわしい華やかなイメージが全体に漂い、それでいて上品な落ち着きがある。これならスポンサーも納得するに違いないと思った。

その案を第一案にするとばかり思っていたのだが、案を出した加納自身が馨のものを推したいと言い出した。

「確かに俺の案は、どこのブランドに使っても大きな外れはない。だが、澄江のは今の寶水酒蔵にしか使えない。そういう案で俺はやりたい」

いくつかの欠点はあるが、それはこれからまわりがフォローすればいい。加納の説得に応援メンバーも首肯し、馨の案がスポンサーへの第一案として採用された。

小会議室を出ると、馨は何げなく野崎の席を見た。加納から仕事を取り上げられた後も、野崎は出社だけはしていた。それが、この二日、つまり酔って馨を襲撃した翌日から欠勤している。馨の視線に気付いた早瀬が、状況を教えてくれた。

「一昨日の夜、酔っ払って交番に駆け込んだらしいんだ。人語を話す犬に噛まれたって大騒ぎして、一晩泊められたみたい。昨日はそれでお休みだったんだけど、今日は加納部長からの異動の通達がショックで来られなくなっちゃったんだと思う。たぶん月末まで有休で、来月から子会社に出向かな」

メールの件は意図的なので、加納は特に重く扱ったそうだ。ただ、それだけが理由ではなく、寶水酒蔵であったような失言が野崎は多かったのだという。顧客対応に問題があったところに今回の出来事が重なったので、ふだん忙しくて手を付けなかった人事に加納が重い腰を上げただけだと早瀬は言った。

「それでも、この前のメールは過失で処理されたんだよ。背信行為って捉えられたらもっと厳しい処罰もあったんだから、そのくらいで済んでよかったと思うけど…」

プライドの高い人だから、しばらく立ち直れないかもねと早瀬は肩を竦めた。

「澄江くん、眼鏡やめたわけじゃないんだ」

「なんとなく、気分的に…」

「ふーん。じゃ、また気分が変わったら外してきてね」

ふふふ、と笑う早瀬に、馨は曖昧な笑みを返した。馨の心の中がどれほど乱れていても、世の中はどんどん先に進んでゆくようだ。

「澄江くんの案が第一案になったんでしょ。楽しみにしてるからいいの作ってね」

家に帰った後もパソコンを開いてクライアントへの具体的なプレゼン案を考えていると、風呂から上がった大牙が軽い調子で声をかけてきた。

「そこ、かゆいのか」

振り向くと、浴衣を着た大牙が黒い髪をタオルで拭いていた。裸でないことにほっとする。浴衣は亜礼の気遣いだろうが、相変わらず細やかで助かる。

大牙の機嫌も直っているようで、気詰まりな空気が和らいでいることに安堵した。

だが、大牙がじっと視線を向けている先に目を落とし、馨は動揺した。仕事に熱中して、うっかり胸のあたりを左手で捏ねていた。かゆいのだ。

思わずごくりと喉を鳴らした馨に、大牙は言った。

「俺がかいてやる」

「い、いい！」

立ち上がるのと同時に腕を摑まれ、ソファに押し倒された。すぐにTシャツを捲り上げられる。

露わになった乳首は、かいたせいでいつもより赤くなっていた。しかも少し大きく見える。自分でも卑猥だと思った。

「馨が昨日怒ったから、今日一日我慢した。でも、もう限界だ。触りたいし舐めたいし接吻したい」

言うが早いか先端を口に含まれる。軽く嚙まれただけで息が止まった。

舌で転がされたり、吸われたりすると身体の奥から抑えきれない疼きが湧き上がってきた。

「あ…、」

身を捩って逃げようとするが、身体の大きさで負けている今、強く押さえつけられれば自由はなかった。右の突起を指で弄ばれ、左を舌の先で押しつぶされる。

「あ、や…、あ……」

大牙、と声にならない声で訴えた。どうして欲しいのかもわからないまま、ただ、大牙、と心の中で呼びながら、荒くなる呼吸の合間に小さな喘ぎを漏らした。

「あ、あ…」

大牙の右手がふくらみ始めた中心をまさぐる。

「あ、だめ…」

感覚が鋭くなった胸の尖りを舌の先で転がされる。

「大牙、やだ…っ」

口づけが落ちるのを受け止めずに首を左右に振ると、大牙が動きを止めた。腕で顔を覆うようにして馨は繰り返した。

「やだ…」

大牙は再び胸に吸いついた。鋭敏な部分を吸い上げられて馨は悲鳴を上げた。

「や、やだ…。やめて、…っ」

「…嫌なのか」

含んだ胸の突起から大牙が顔を上げる。薄く目を開けて視線を向けると細い唾液が糸を引いて光り、その先で濡れている桜色の尖りがあまりにも淫らだった。馨は再び目を逸らした。

「舐められたくないのか」

きつく目を閉じて頷いた。

「馨…？」

大きな手のひらに髪を撫でられても馨は目を開かなかった。

「馨……、本当に、嫌なのか」

混乱のままもう一度頷いた。

大牙の重みが馨の上から去ってゆく。

「俺は馨が好きだ。馨の中に入って気持ちよくなりたい。馨のこともすごく気持ちよくしてやりたい」

目を開くと困惑した顔の大牙が、馨を見下ろしていた。

「でも、馨は嫌なんだな、だから、昨日も怒ったんだな…」

「ちが…」

「嫌ならもういい」

馨を突き離すようにして、大牙が身を起こす。

「だい……」

馨を見下ろす目に傷ついた光が揺れていた。その光が滲む前に、歪んだ表情を隠すように大牙は顔

を背けてしまった。二人分の重みに沈んでいたソファが元の形を取り戻す。

パタンと乾いた音が耳に届く。

寝室のドアの向こうに消えた大牙の背中が、まだぼんやりと瞼に浮かんでいた。

「大牙…」

違う。

嫌なわけじゃない。

そう告げたくても言葉にする勇気が出なかった。


土曜日は久しぶりに晴れた。二晩続けてソファで眠ったせいか、頭が重い。せっかくの日差しの眩しさがかえって恨めしかった。

気まずさを押し殺して大牙に声をかける。

「大牙、朝ごはん…」

泣き腫らしたような赤い目をした大牙が姿を見せる。馨の心は錐で突かれたように痛んだ。

一日中家にいるのが気詰まりで、出かける提案をしてみる。

「天気がいいから、一緒に欠片を探しに行く？」

「…いや。今日はまだ、いい」

「だったら、別のどこか…、そうだ、大牙の山に行ってみたいな」

大牙はちらりと馨を見ただけで、テーブルに視線を落とした。

「馨が行きたいなら…」

「行きたい。大牙の山を見てみたい。ギギたちにも会えるし…」

「今は俺の山じゃない」

たとえそうだとしても、大牙のゆかりの地を馨は見てみたかった。

ネットで調べると、近くまで高速バスが通っていた。けれど、少し考えて馨はレンタカーを借りることにした。実家のある地方では車は必需品だが、東京にいる間はあまり乗ることがない。時々乗っていたほうが運転を忘れずに済む。途中、寄りたいところがあった場合にも自由が利くし、これはちょうどいい機会だと思った。

「大牙は、ほかに行きたいところがある？　昔気に入ってた場所とか」

少しでも楽しいことを考えようと、無理にはしゃいだ。馨のぎこちない作り笑いを大牙は静かに見つめ、それからやっと少し笑った。それだけで、気分が上昇し始める。努めて笑顔を見せていると、大牙も穏やかな表情を返した。

「どこに行きたい？」

「馨が行きたいところに行く」

最寄りの営業所で車を借りた後、大牙は一度部屋に戻りたいと言った。そして、亜礼が送ってきた服を脱ぎ捨て、いつもの着物に着替えた。

パーキングエリアなどで車を降りる時には少し目立つかもしれないが、大牙が着物でいたいのなら、少しくらい人に見られても構わないと思った。どのみち洋服を着ていても、大牙は人目を引く。レンタカーを借りに行く間にも、何人もの女性が振り返り、眩しそうに大牙を見ていた。あまり気分のいいものではなかったので、車を借りてよかったと思う。

運転している間は集中していたせいか、お互い黙っていてもさほど気にならなかった。都内を抜けるのにやや時間を要したが、高速に乗ってしまえば後は早かった。

昼過ぎには麓の街に着いた。

うねうねと曲がる上り坂を走っていくと、観光名所にもなっている大きな神社が見えてくる。無料の駐車場が隣接していて、梅雨の晴れ間の一日を楽しむ人の車で、比較的広いアスファルトの空間の半分以上が埋まっていた。

赤い立派な鳥居を見上げて、本当ならここに大牙は祀られていたのだと思った。日本百名山にも数えられるほどの美しい山で、それは大牙が影御魂の王になった頃から変わっていないだろうと思われた。この美しい山を離れてでも、大牙は影御魂を守ることを選んだのだ。

「いいところだね」

「ああ。ずいぶん変わったけどな…」

賑やかだ、と人の行き交う道路を眺めて大牙は呟く。駐車場から境内に続く道の両側には、土産物屋が並んでいた。和風のお仕着せを着た店員も多く、山伏姿の大牙も案外目立たない。

「もう少し上に行くと湖がある。そこに昔は塚があった。今も祠があるはずだ」

「行ってみる？」

「ああ。ギギたちに会うのなら、その湖からさらに奥に行かなければならないが、道もないし、無理はしないほうがいい。わざわざ会いに来なくても、呼べばどこへでも姿を現すから」

「うん、わかった。それじゃ、祠のあるあたりまで行ってみよう」

湖へも道路が続いていて、移動は楽だった。道のところどころに数台ならば車を停められる空き地が点在している。大牙の案内で、そのうちの一つに駐車した。

このあたりまで来ると、特別な連休でもない土曜日に、人の姿はそれほど多くはなかった。湖にせり出した小さな鳥居の近くに、二、三組のグループが歩いているだけで、正殿である祠に続く細道には誰もいない。うっそうと茂る木々の下の道は細く、人出の多い時期でもここを歩く者はあまりいないのかもしれないと思った。

しばらく行くと、小ぶりの社のような祠の前に出た。ここが、本来この山の神のおわすところであり、坂の下に構えられていた大きな神社は拝殿の役割をしているに過ぎない。

「ここに大牙のお兄さんがいるの？」

「今はいないようだな」

チラリと祠を眺めただけで大牙は言う。

「もともとの自分の山が隣にあるから、適当に行き来しているんだ」

せっかく来たのに会えないのかと残念に思っていると、「そのうち向こうから来るだろう」と大牙が言い、しばらくその場に立っていた。

けれど、いくら待っても大牙の兄だという神様がやってくる気配はなかった。日が長いとはいえ、そろそろ帰り支度（じたく）をしなければならない。大牙は残念だろうが、次にまた泊まりで来てもいい。

「大牙、車を返さなくちゃいけないし、今日はもう帰る？」

今度またゆっくり来ようね、と言うと、大牙は素直に頷いた。けれど、細い参道を馨が戻り始めてもついてくる様子がない。

「大牙？」

「馨だけ帰れ。俺はここに残る」

馨は慌てて大牙のそばまで戻った。

「どういうこと？」

「どうということはない。言った通りだ。俺はここに残るから、馨だけ帰れ」

じっと見上げていると、ふいに大牙が馨を抱き締めた。背中と髪を愛しげに撫でられて鼓動が高くなる。

「大牙…？」

顎を掬われて唇が合わさる。欲望よりも愛しさを伝える舌が口控を撫でた。ゆっくりと何度も口づけてから、大牙はもう一度言った。

「馨だけ帰ってくれ」

「でも…」

「心配しなくていい。一週間後に、また、おまえと会う。家に帰ったら地図を見てくれ」

「地図？　鏡の横に置いてある？」

「そうだ。赤い丸をつけた場所があるから探してくれ。そして、来週の今日、朝の十時にそこへ来て欲しい。欠片がありそうな空気のところを見つけた」

「今度の土曜日？　朝十時？　そこに大牙も来るの？」

「行く」

一週間というのは長い気がした。明日ではだめなのだろうか。

大牙の目を見ると、慈しむように馨を見つめていた。

「ちゃんと行く。だから、今日は馨だけで帰るんだ」

馨は頷いた。きっと兄神に会うために残るのだ。久しぶりに会えば、積もる話もあるだろう。一週間なんてあっという間だ。そう自分に言い聞かせ、小さな不安を遠ざける。

「一週間後に、きっとだよ？」

「ああ。何も心配しなくていい。欠片が無事に見つかって、鏡を元に戻した時、万が一ナカッタコトが出てきても、俺が倒す。馨が悲しむことは何も起きない。安心してくれ」

「亜礼くんも来るってことだよね」

「ああ」

大牙はどうやって移動するのだろうか。気を一度散らすのか、それとも馨がまた迎えに来たほうがいいのだろうか。

「いや、来なくていい。亜礼が迎えを寄越すだろう。だから何も心配するな」

「わかった。じゃあ、きっと…」

「約束する」

大牙がもう一度、馨を強く抱き締めた。

「馨。おまえを愛している」

胸が締め付けられた。どうしてか泣きたい気持ちになる。

「大牙…」

「愛している」

もう一度、深く長い口づけをして、大牙は馨を離した。


次の一週間は、ひどく長いものに感じられた。

仕事が相変わらず忙しいのが救いだったが、大牙のいない家に帰る足取りは思った以上に重くなった。ドアを開ける度に、もしかすると帰っているのではと思い、誰もいない暗いリビングに落胆する。文字通り、灯りのない部屋だ。大牙がいない部屋は暗く寂しい。

雨の音ばかりが耳に届く。

週の半ばに寶水酒蔵についてのミーティングがあり、その最後に加納は、一営一部と二部がクライアントにしているエメラルド化粧品の最新CMを全員の前で流した。

大型の液晶テレビに映し出される女優は早瀬美也子――早瀬の母親だ。

整った顔立ちの女優がまっすぐにこちらを向いて微笑む。その笑顔に二十年前の彼女の笑顔が重なった。馨の父がカメラを回し、子どもだった早瀬が自分に向けられたものだと信じた古いCMの画だ。

そして再び、今の笑顔が映し出され、化粧をする女優の姿が続く。

アンチエイジングに関する情報を伝える言葉が過不足のない長さで語られ、低く流れるエリック・サティと溶け合う。ジムノペティに重なってナレーションが入った。

『変わらない美しさへ。エメラルド化粧品』

その場にいた全員の口から一斉にため息が漏れた。そして、直後に互いの顔を見合わせて、笑顔になる。

「澄江、これに負けないものを作れよ」

加納の言葉とともにメンバー全員に見つめられ、馨は深く頷いた。

父が撮った早瀬の母は、二十年経っても全く色褪(いろあ)せていない。

（すごいよ、お父さん…）

負けたくない。

『撮るばっかりだったのよね…』

母の言葉がよみがえる。

『パパの写真は残ってないし、みんなは小さ過ぎて覚えてないかもしれないけど、楽しかったのよ。形に残ってなくても、小さかったあなたたちが忘れちゃったとしても、あったことはなかったことにはならないのよ』

たった今目にした二十年前の笑顔の向こう側で、父は今もカメラの前に立っている気がした。

泳げない父が、馨を助けるために川に飛び込んだ。一瞬で流れにのみ込まれた馨の手を父の手は摑んだ。考えて飛び込んだのではないのだ。身体が勝手に動いた。

ごめんね。

何度、謝っても届くことはないけれど、父が馨に「いいよ」と言ってくれる日は永遠に来ないけれど、許されなくても、ここで父と同じ仕事をしようとようやく思えた。

今となっては父の思いを知ることはできない。その無念さも、どのような気持ちで馨を助けに飛び込んだのかも、知ることはできない。それでも、父に救われた命を無駄にすることなく生きる。そうすることでしか父に応えることはできないのだと思った。

許されたいと思う心を、馨は胸の奥に封じた。

雨の中、いつもと同じ道を歩く。マンションに続く惣菜屋の角で、紫陽花が街灯に照らされて淡く浮かび上がっている。

変わらないもの。

変わるもの。

ハイドランジア――水の器。

「大牙…」

いつかの寝室に消えた大きな背中が、馨に縋って涙をこらえていた小さな背中と重なる。

変わりたいと思った。待つだけはなく、自分から向き合うことで変われることもある。眼鏡一つ外して踏み出した時のように、大牙の前でありのままの自分になればいい。

大牙を傷つけた自分を変えて、強くなりたい。

約束の土曜日は、朝から強い雨が降っていた。

水の幕が幾重にも重なる中、大牙が地図に示した場所を探した。水に閉ざされたような世界の先、ビルの谷間の公園の隅に大牙と亜礼の姿を見つける。

「大牙」

一週間ぶりに見る姿に、服が濡れることも構わず走り寄った。大牙は優しい目を向けたが、以前のようなただまっすぐに馨を求める強さはなく、かすかな寂しさが隙間風のように胸の中を通り過ぎる。

「元気だったか」

「うん…。大牙も、お兄さんとゆっくりできた？」

「ああ」

馨と大牙の再会を横目に見ながら、緊張した面持ちの亜礼が先に立って隅の空間に歩き出した。

向かった先にあったのは小さな泉が湧いているだけの簡素な空間だった。四本の柱と注連縄で四方を囲まれた鉢型の石臼があるだけで、神社や寺はおろか、祠や地蔵尊などもない。よくこんな場所まで探したものだと驚く。

こんこんと石臼からは清らかな水が湧き出ている。

ただそれだけの場所だ。けれど、そこには確かに清廉な気が宿っていた。激しい水音を立てて降る雨の中でさえ、静かな気配が満ちている。最初の欠片を見つけた時にも感じた、清く美しい世界だ。

亜礼があたりを見回す。

「馨、欠片があるのがわかる？」

馨も視線を巡らせた。泉のほかには何もない。石臼に目を向け、雨が無数の波紋を描く水面を見つめた。

じっと見ていると浅い水の底に何か見えてくる。尊い泉の湧く石の鉢を汚してはいけないと思いながらも、馨は注連縄で囲まれた空間に足を踏み入れた。そして、たくさんの輪が重なる水に、許しを請いながら指の先を浸す。

透明な、それでいて硬い感触のものが指に触れ、それを静かに引き上げた。

「欠片だね」

亜礼の声が、雨音に混じって届いた。

大きさはちょうど残りの三分の一ほど、この一枚で隙間を埋めることは十分可能だろう。

「これを嵌めたら、水面鏡の裏側との行き来が完全になる。どんなに大きい気でもこっち側に来ることができる。念のため、結界を張るよ」

柱と柱の間は一間半、およそ二・七メートル四方の狭い空間に亜礼は結界を張った。

激しく降っていた雨の音が、どこか遠いところに退いてゆく。ビルの谷間の小さな敷地は、遮るもののない広い荒野に変わった。

「万が一、あいつが出てきて暴れたら、これで大牙は戦える？」

結界が作った空間を見渡し、大牙は頷いた。

「ああ。これならいい」

それから、馨を見てかすかに微笑んだ。

「何も心配するな」

馨は頷いたが、黒い穏やかな目に見つめられ、なぜだか心の奥がざわざわと騒ぎ始める。

亜礼に向き直り、大牙が念を押した。

「あいつの気は大きい。もし暴れれば手加減する余裕はない。おまえたちを気にかけることもできなくなるだろう。それだけ承知しててくれ」

「わかった」

「最後はたぶんやつの命を取る。それでもいいか」

この言葉に亜礼は一度息をのんだ。失われた記憶にナカッタコトが関係していた場合、それを取り戻す機会は永遠になくなるかもしれないのだ。

だが、亜礼は頷いた。

「わかった。あれが自分の存在を忘れた気だとしたら、どのみち消えてゆく運命だ。物の怪として人に害を成す前に倒してくれ。それで取り戻せない記憶ができてしまった時は、諦める」

亜礼は馨に鏡を持たせると、その上に欠片を載せた。周囲と触れ合った欠片は、氷が溶けるように一度緩んでピタリと収まり、一枚の板に変わった。

水面に似た波が立ち、深い水底のような闇が現れる。

それまでと違い、しばらくの間、鏡の表面は静まり返っていた。やがて、小刻みに震え始め、次には大きな影が勢いよく立ち上り始める。

「来るぞ」

「ナカッタコトか?」

「そうだ。俺の気も一緒だ」

大牙の姿が一度霧散して形を変える。上空で風が唸る音がする。

見上げると、空には黒く長い影が渦を巻いていた。徐々に像を結び始めた影は、大きな竜に姿を変える。

「竜……」

「黒竜だ」

答えた大牙の姿は、すでに狼の姿に変わっていた。野崎と対峙した時とは比べ物にならないほど大きい。トラやライオンの倍くらいはありそうだ。

カッと目を光らせた竜が黒狼に変わった大牙を見つけ、垂直に下降し襲い掛かってくる。大牙がかわすと、一度腹を地面に叩きつけて再び上昇した。

衝撃で大地が鳴り、馨と亜礼はよろめきながら一歩後退った。

竜にはまるで感情などないかのようだった。ただ、本能のままに大きな黒狼を敵と定めて襲い掛かる。意思も理由も持たない狂気に似た敵意が、湿った空気を震わせる。

竜は再び大牙目がけて降下し、その巨体を大地に叩きつけた。

空を飛ぶ竜に対して、大牙にできる攻撃は少ないように見えた。四肢を地につけ、空を流れるように飛ぶ敵の姿をじっと見据えている。

だが、次の瞬間、天空を引き裂いて稲妻が走った。それが竜を擦めて大地に落ちる。岩が砕け、土埃が舞い上がる。

その雷が大牙の攻撃だと気付いたのは、再び稲妻が竜を擦めて大地に突き立てられた時だ。怒り狂った竜が、上空から狙いを定めて大牙に突進する。その速度と、尾が地を叩く力の大きさに馨の身体は竦んで動けなくなった。

もし亜礼の結界がなかったら、周囲の建物は全て倒壊していたに違いない。あの打撃を受けたら、大牙もどうなるか。そう思うと、急に恐怖が湧き上がってきた。

「大牙…」

手加減する余裕も、馨たちを構う余裕もないということは、それだけ相手との力に差がないという意味だ。簡単に倒せる相手ではなく、大牙が傷つけられる可能性も同じように高い。命を落とす場合もないとは言い切れない。

大牙にもしものことがあったら…。そう思うと、恐ろしくて目を閉じたくなる。けれど、見ないでいることも怖かった。恐ろしければなおのこと、目を逸らすことは危険だと感じた。

何度目かの攻撃をかわした時、大牙が地を蹴って竜の背に飛んだ。

四肢に力を込めて竜の身体を挟み、背中側から首の急所に牙を立てる。硬い鱗(うろこ)に覆われた皮膚は簡単には貫けない。だが、そこを噛み切れば竜は終わりだ。竜のほうでもそれはわかるのだろう。激しく身を捩って大牙を振り落とそうとしている。

一瞬でも気を抜いたほうが負ける。

負けることは死を意味する。

振り落とされる前に首を嚙み切ってしまわなければ、次に大牙にチャンスが巡ってくることはないだろう。

竜を抱え込みその首に牙を立てたまま、大牙は再び雷を呼んだ。自分もろとも白い閃光を放つ稲妻に貫かせる。竜の背が硬直し、震える。大牙が鼻に皺を寄せ、黒狼の牙が硬い鱗に食い込み血飛沫が上がる。

だが、まだとどめには至らない。

大牙は頸動脈に狙いを定めて、さらに強く牙を食い込ませる。竜は苦痛に身を捩って、激しく暴れた。

その時、馨は亜礼の異変に気付いた。

息を詰め、震えながら二体の攻防を見守る馨の隣から、亜礼はふらふらと足を前に踏み出した。

「亜礼くん…？」

「ナカッタコト…」

「亜礼くん、どうしたの？」

「わからない。思い出せない…。でも…」

白い着物をまとった亜礼の細い後ろ姿から、ふいに白い蛇の姿が立ち上った。

（白蛇…？）

馨は弾かれたように自分の手の中にある水面鏡を掲げた。裏を返して精緻な図像を見る。

蛇と竜。

亜礼の本体は白蛇だとどこかで聞かなかっただろうか。

(そうだ。あの時…)

鏡がどのように割られたのかを話していた時に、大牙が言ったのだ。真名を失えば、神はその存在を忘れられる、そう言った後のことだ。

『亜礼は亜礼じゃなくなる。本体の白蛇にでも姿を変えて、亜礼自身にも俺たちにも忘れ去られるはずだ』

鏡には亜礼のほかにもう一柱、神が力を与えている。その神の名が失われたために鏡は割れた。いつからか水面の裏に棲みついた物の怪。

ナカッタコトが真名を失い存在を忘れられた神だとしたら…。

全てがつながる。

では、その真名とはいったい…。

(なかったこと…)

『あったことはなかったことにはできないのよ』

ふいに母の言葉が頭に浮かんだ。

「アッタコト…」

馨が呟くのと同時に、削られた文字が浮かび上がる。その文字を馨は口にした。

「…阿、利…志…？」

亜礼の目が見開かれる。

「阿利志…」

突然、馨の脳裏に濁流にのまれた時の記憶がよみがえった。

『馨…』

父の声が聞こえる。

『…だ。…からな』


――馨、大丈夫だ。怖くないからな。


「え…」

濁流に揉まれ必死に伸ばした馨の手を、父の手が摑んだ。馨を引き寄せ、自分も流されながら、父は苦しい息継ぎの合間に言ったのだ。

『大丈夫だ…、馨。パパが助ける…。怖くないからな…』

そして、流れを分ける岩場の手前で馨を中州に向かう方向に押し出した。それも一瞬のこと。馨はそのまま意識を失った。

「どうして…」

硬い結び目を解くようによみがえった記憶に馨は一瞬、状況を忘れた。だがすぐに、亜礼が黒竜に向かって足を進めていることに気付いた。竜の身体が下降し始める。

「亜礼くん、危ない！」

「知っている…。知っているんだ。阿利志は、闇の記憶を司る気だ…。そのためにスサノヲに黒狼の補佐役を任じられた。水面鏡に力を与え、僕と対になって、鏡の向こうとこちらをつないだ…」

竜の尾が砂埃を撒き散らしながら亜礼を擦めた。再び上昇する黒竜を亜礼は見上げる。

「僕の、半身」

亜礼が叫んだ。

「阿利志…っ！」

突然、竜の動きが止まる。遅れて舞い上がる砂埃だけが渦を巻いて流れてゆく。

大牙の牙が鱗を砕いて竜の首を貫き、鮮血が迸る。さらに深く牙が食い込むのを見て、馨は叫んだ。

「大牙、やめて！　殺さないで！」

大牙の攻撃がわずかに緩んだ。

竜が身を捩ると、大牙は振り落とされ、黒狼の身体が地面に叩きつけられた。

「大牙！」

馨は黒い塊になって蹲る黒狼に駆け寄った。

背後では、勢いを失いながら大きく旋回した竜が、地上に向かってゆっくりと下降を始めていた。

「大牙…」

腕を回し、つややかな黒い毛並みに顔を埋める。

「大牙、大牙」

「大丈夫だ、馨。心配するな」

腕の中の感触が消え、すぐに人形に姿を変えた大牙が傍らに姿を現した。その視線が亜礼に向けられる。

亜礼の前に降りた黒竜は黒く光る粒子に変わり、やがて一人の男の姿となってそこに立った。黒い袍(ほう)に身を包んだ背の高い男だ。首からは血が滴っている。

「阿利志…」

亜礼が男に一歩近付くと、男は寂しげな笑みを浮かべて亜礼を見下ろした。

「亜礼」

「きみを忘れるなんて…。どうして、僕は…」

「真名を失ったのだ。仕方がない」

「どうして、きみの名が…」

言いかけて、亜礼は首を振った。

「覚えてる。全部、思い出した」

四百年余り昔のその時代、戦ばかりの世の中を亜礼は記憶にとどめなければならなかった。夥しい血の海に、累々と屍が横たわる。亜礼の白い着物は血と泥に汚れた。

阿利志は辛く忘れたい記憶を担う。本来ならば阿利志が記憶すべきものたちが、表の歴史に刻まれなければならない時代だった。

完全主義者で潔癖症。汚れた歴史を記憶するには、亜礼は脆い。亜礼の心は今にも壊れそうなほど疲弊していた。

阿利志の中には、もっと恐ろしいものがいくらでも収められている。そのことに気付いた亜礼は、阿利志の姿をまともに見ようとしなくなった。

『俺を見るのが辛いか』

阿利志の問いに亜礼は黙って頷いた。

そんな時、影御魂を見る女が現れた。

実体を持ち跋扈する物の怪を恐れ逃げ惑う者たちの中に、ひときわ鬼気迫る勢いで狂ったように影を罵る女の存在に亜礼は気付いた。鏡を見せると、女はそれを認識した。それは何かと聞き、そこから大きな影が出てゆくのを見ると、女はさほど高い教育を受けていなかったにも拘らず、鏡の力がどんなものかを瞬時に悟った。

そして、鏡の縁に浮かび上がった亜礼の名を見て、それが神の真名であることさえ知らずに、影御魂を封じるために、本能的に名を削り取ろうとしたのだ。

亜礼の名が浮かび上がったのは、亜礼が自らの存在を消したいと願っていたからだ。同時に影御魂の通り道である鏡を封じたいという思いもあった。

阿利志は、亜礼の手から鏡を奪い、代わりに自分の名を女に削り取らせた。


「思い出した…。全部、覚えてる。阿利志が最後に言った言葉も…」

『これで、おまえが少しでも楽になるのなら…』

阿利志は俯いた。

「あの時はそう思った。だが、俺がいなくなれば、おまえはその後の闇の記憶を全て担わねばならなくなる」

真名を失えば意思や感情も持たなくなる。けれど、阿利志は水面の裏側で、時々、自分の存在を感じることがあったという。

「亜礼が苦しんでいることもわかった。それを知る度に、俺は後悔に襲われた。外へ出ようと暴れたこともある」

けれど、影御魂の側にある阿利志の気は、水面の裏側から出ることが敵(かな)わない。

「時々戻ろうとする意思のわずかな力を使い、鏡を見る者を探した。そして、ようやくそこにいる馨に鏡を託すことができた。最初の欠片を嵌めこんだ時、鏡の裏側から力を与えたのは俺だ。それからまた、俺は俺の存在を失った。後はおまえたちの知る通りだ」

　大牙が阿利志を睨んだ。

「結局鏡を割ったのはおまえだったのか」

「黒狼王か。すまない。おまえや影御魂たちにはずいぶん迷惑をかけた」

　大牙は黙って横を向いた。阿利志は傍らに寄り添う亜礼を、そっと遠ざけた。

「阿利志…？」

「血で着物が汚れる。無理に俺を見なくていい。辛い思いをさせて、すまなかったな」

「何を言ってるの？」

「俺は消されるべき記憶を担う者だ。おまえの中にあってはならないもの。おまえがこうあれと求められた表の記憶ならば、俺は実際にあった裏の記憶だ。闇に葬(ほうむ)られるべき黒い歴史の記憶を司る。おまえにはふさわしくないものをいくらでも身の裡に収めている」

「でも、きみは僕の半身だ」

「ああ。だが、俺という闇を内包するせいで、おまえは神として祀られることもない」

　亜礼は首を振る。

「そんなことはどうでもいい。阿利志は僕の一部なんだ。僕の中に永遠にあるべきものだ。きみと一つになってこそ、僕は完全なんだ。忘れたい記憶でも、ナカッタコトとして消してしまいたくなんかない。全部、あったことなんだから」

「亜礼…」

「きみは僕の一部だ」

阿利志の手がゆっくりと亜礼を引き寄せ、広い胸に抱き締めた。居場所を取り戻した亜礼が、その胸に頬を押し付ける。

阿利志の腕に抱かれたまま、亜礼は思い出したように馨と大牙を見た。

「馨。どんなに言葉を尽くしても足りない。阿利志の真名を取り戻してくれて、ありがとう」

そのまま亜礼は阿利志とともにゆっくりと姿を消した。

結界が解ける。

雨はいつの間にか止んでいた。

水色の空を映した石臼が、雨上がりの光の中でキラキラと輝いている。こんこんと湧き出る静かな泉に虹(にじ)が映っていた。

その水面や周囲の小さな水たまりから、たくさんの気が向こう側に帰ってゆく。

「俺も行く」

唐突に大牙が言った。

「どこに?」

「水面の裏側だ。棲み家に帰る」

馨は一瞬、言葉を失くした。

一週間、大牙がいなかっただけで馨の日々はまるで色のない絵のようだった。

「いつ、戻ってくるの？」

大牙は返事をしなかった。

「大牙？」

「俺は、馨のそばにいたい。でも、そばにいるのが辛い」

「どうして…」

「馨は俺を愛していない。人間たちが影御魂を遠ざけるのと同じように、馨も俺を遠ざける。だから、山で一週間考えた。そして、決めたんだ。俺は向こう側に帰る」

「大牙、違う。遠ざけたんじゃ…」

黒く澄んだ目で大牙が馨を見た。

「それでも、おまえを愛している。だからもう、人を憎むこともない」

「大牙」

馨は大牙の胸にしがみついた。

「僕は、大牙が好きだ」

もう何度も言ったはずの言葉だ。

「大好きだよ」

けれど、大牙は傷ついたように目を伏せた。

「無理をするな。俺に抱かれるのは嫌だと言った」

「無理なんかしてない。大牙を愛してるよ」

頬が熱くなる。けれど、馨は自分の正直な思いを大牙に告げた。

「大牙を愛してる。ただ、少し怖かっただけだ。嫌だったわけじゃない…」

「本当か」

大牙の目が開き、馨を見た。

「嫌じゃない。大牙を傷つけたこと、本当に後悔してる。ごめん…」

俯くと、頬に手を当てられた。

「嫌で拒んだんじゃないんだな」

「うん」

「抱いてもいいのか」

はっきり聞かれるとまだ答えに窮する。

「馨。どっちだ。いいのか、嫌なのか」

「い、嫌じゃ…ない……」

「じゃあ、いいんだな」

熱くなる頬を感じながら、馨は頷いた。顎を掬い上げられる。慈愛と熱情の両方を湛えた黒い瞳に捉えられて、馨は心を明け渡した。

全部、大牙のものでいい。

悪意や邪心とは少し違うけれど、向き合い、認めなければならない感情が、馨の中にもある。

心で愛しいと思うだけの美しい思いではなく、もっと淫らであさましく、深い欲望にまみれた仄暗い思い…。そんな思いも全部隠さず、明け渡してしまえばいいのだ。

触れられて、心臓が騒いで、どうしようもなく苦しくて、自分がどこかへ行ってしまいそうで怖くて…。それなのに、甘く内側から疼くような思いがある。

正直になろう。馨も、大牙が欲しい。


家に着くとすぐに、大牙は馨を抱き寄せた。けれど、冷たい頬に手を当てると少し心配そうな顔をした。髪も服も雨で湿っている。

「馨、寒くないか」

「大丈夫。大牙は？」

大牙の着物もすっかり濡れていた。

「着替えたほうがいいね」

そう言ったとたん、口づけられた。

「これからすることを考えれば、濡れた着物を脱ぐだけで十分だ」

もう一度、今度は深く口づけられ、胸の奥が甘く鳴く。まだ少し戸惑う気持ちをそっとしまい込んで、欲望を伝える舌に応えた。大牙の指に鎖骨を撫でられ、身体が小さく震える。

「馨、やっぱり寒そうだ。先に風呂に入ろう」

慣れた仕草で給湯器のパネルを操作した大牙は、そのまま馨を洗面所に導いた。

手早く着物を脱いだ大牙の前で立ち尽くしていると、おもむろにシャツに手をかけられ、ゆっくりとした仕草でボタンを外される。

「あの、大牙…。じ、自分でやる」

「いいから任せろ」

一つ一つボタンを外される様を直視できずに目を逸らすと、向かい合って立つ大牙と自分の姿が鏡に映っていた。包みを解くように丁寧に、大牙の手が馨のシャツを落としてゆく。大きな手のひらが何かを確かめるように肌の上を滑っていった。

吐息が震える。

ふいに顎を取られてキスをされた。唇を塞がれたままベルトを抜かれ、抵抗する間もなく下着ごとボトムを落とされる。

「勃ってるな」

「え…っ」

ドキドキしている自覚はあったが、もうそんなことになっているとは思わなかった。慌てて俯いた馨は、自分のものより先に大牙の中心を見てしまった。

（すごい……）

あんなに可愛かった男の子の印はどこにもない。あるのは凶暴としかいいようのない屹立だ。見ている間にもそれは生き物のように育って太さも長さも増していった。

「だ、大牙だって…」

「脱がせてたんだから、しょうがないだろ」

上ずった声で言えば、大牙もかすれる声で返す。逞しい胸に手を当てると鼓動が速かった。

（大牙も、ドキドキしてる…）

それだけで嬉しくて、何も怖いことはないのだと思った。

口づけを繰り返しながら、引き寄せられて腰を合わせる。硬く熱を持ったもの同士が触れ、呼吸が荒くなる。互いを捏ねるように腰を揺らされるとさらに息が上がった。苦しくて唇を解けば、甘い吐息が喘ぎになって零れてゆく。

「あ…、あ、…っ」

熱い塊がさらに強く押し当てられ、天を仰いだ二つの欲望が透明な雫を滲ませた。

肌をたどっていた大牙の指が胸の先に触れた。軽く摘まれて、腰を揺らされると抑えきれない喘ぎが溢れ出た。

「ああ…、大牙…、あ…」

「気持ち、いいか…」

大牙の呼吸も荒い。

互いを離さないまま浴室に移動した。栓を捻り温かい湯を身体に落とす。

「あ、は…、ああ…っ」

「馨…、ん……」

大牙の両手が馨の腰を掴み、重ねた中心を強く押し当てて身体を揺らし始めた。

「あ、あ、大牙…っ、あ…っ」

浮き上がる身体を、硬い筋肉に覆われた腕に縋って支える。胸を重ねて喉を反らすと、突き上げる動きのまま大牙が唇を塞いだ。

深く舌を絡め合い、不安定に浮いた足を大牙に絡めると、馨を抱き上げるようにして大牙は二つの雄芯を鋭く擦り上げた。

「んん…っ、ん……っ」

唇を塞がれて、嬌声が鼻に抜ける。

「ん、ん、ん、んんん……っ」

耐え切れずに馨の前が弾けると、まるでそれを待っていたように大牙も飛沫を散らした。

口づけを解いて、荒い呼吸を整える。

こんなにあっけなく二人とも昇りつめてしまったことに驚きながらも、骨が折れそうなほどきつく抱き締められると、それだけで嬉しかった。

「大牙…」

伸ばした腕を大牙の首筋に回し、唇を求めた。

優しいキスで大牙が応えてくれる。柔らかく舌をくすぐられると、喜びに胸が満たされた。

「馨。いく時の顔も綺麗だった」

「…バカ」

怒ったのか、と心配そうに覗き込まれて、そうではないと笑みを返した。もう一度、短いキスをすると、今度は深く官能的なキスを返された。

再び昂った熱を押し当てて、これで終わりではないことを大牙は教える。

背中から抱かれて湯船に浸かり、胸と中心を悪戯されてまた達しそうになった。

一度許してしまったら、もう何度見られても同じことだと諦めた馨だったが、大牙はまだこれからだからと言って、馨が放つのを止めてしまった。

中途半端に高められた身体が恨めしくなる。

腰にタオルを巻いただけの格好で湯から上がった馨の横を、そそり立つ前を隠しもしないで、裸の大牙がリビングを横切っていった。誰が見るわけでもないので構わないのだが、やはり強者(つわもの)だ。

テーブルの上に、さっきまではなかった小ぶりの紙袋が置かれているのに気付く。大牙は黙ってそれを取り、馨の手を引いて寝室に導いた。

シーツに縫い止められ、一糸まとわぬ大牙に伸(の)し掛かられて再び腰を重ね合わせた。唇を塞がれ揺すられると、身体の細胞の一つ一つがざわめき、甘美なしびれが背中を走り抜けた。大牙の背に回した手で張りつめた僧帽筋(そうぼうきん)や三角筋を確かめ、その力強さを知ればまた下腹部に熱が溜まる。

揺れながら互いの身体を撫で上げ、合わせた胸の鼓動に酔い、熱く滾る場所を擦り合った。口づけの合間に大牙の唇は馨の身体中を吸い上げる。鎖骨に、胸に、脇腹に無数の赤い印が刻まれていった。

「大牙…、大牙…」

抱き締められ口づけられながら何度も大牙の名を呼んだ。

「馨。好きだ」

「僕も、大牙が大好きだよ…」

くちゅくちゅと音を立てて雄芯同士を捏ね合わせながら、大牙の手が馨の双丘(そうきゅう)を摑んだ。

「馨。怖くないように、優しくする。だから…」

一度深く口づけて、馨の頭の芯をしびれさせて大牙は続ける。

「だから、馨を俺にくれ。全部、欲しい」

「大牙…」

「欲しい。頼む」

口腔に差し込まれる舌を優しく吸うことで、馨は了承の意を示した。目を閉じて、大牙のすることに身を任せる。

膝を開かれ、片足を大牙の手で高く掲げられて、秘所を暴かれた。羞恥に潤む目で大牙を見上げると、あやすような口づけが落とされる。

怖くない。

ひやりとした粘液が蕾のまわりを濡らした。

「ひゃ…。何？」

「潤滑ゼリーとかいうものだ。亜礼がくれた」

さっきの紙袋の中身はこれだったらしい。相変わらず、気が回る。

亜礼が選んだだけあっておそらく最高級品なのだろう。滑らかな液体は、無垢な馨の粘膜を傷つけることなく大牙の指を馴染ませていった。

ドキドキと鳴りっぱなしの心臓が呼吸を苦しくする。

「大牙…」

「大丈夫だ。怖くない」

指が奥まで馴染むと、一度足を下ろして楽な姿勢に戻された。開かれたままの膝の間に大牙の身体を挟んで、もう一度きつく抱き合う。抱き合ったまま、大牙の指だけが後孔を暴き続けた。

「好きだ…」

何度も口づけて大牙が繰り返す。

人の指を差し込まれる未知の感覚も、口づけられ緩やかに揺すられながらだと、さほど気にならなかった。大牙の熱を時おり押し当てられる馨の中心も、後ろを探られる違和感に萎(な)えることはない。ただ、早鐘のように鼓動を刻み続ける心臓だけが壊れてしまいそうで怖かった。

ぬるぬると滑(ぬめ)りをまとった三本の指が、馨の中を行き来する。

「は…、あ、大牙……」

「馨」

唇と額と頬に小さく口づけて、左手で上体を支えた大牙が身を起こす。俯いて、右手に添えた雄芯を馨の入口に押し当てた。

息をのんで衝撃に耐える。

「あ…、あ…っ」

丸い先端をのみ込んで、くびれのところで蕾が一度閉じた気がした。それほどまざまざと、大牙の形を認識できる。

「ああ、…っ」

太く長い幹(みき)がゆっくりと挿入される。

「あ、大牙…っ」

開いた足をシーツについて、自然と腰を浮かせた。大牙の幹がさらに奥へと進んでくる。

時間をかけて半分ほど挿入したところで、いったん大牙の動きが止まった。

「痛くないか」

額に汗を滲ませて大牙が聞く。頷くと、嬉しそうな笑みが返された。

「わかるか。ここに俺がいる」

馨の薄い腹に大牙の手が置かれる。

「うん。…大きい」

「まだ、半分だぞ」

ごくりと喉が鳴った。

挿入されても萎えていない馨の中心を褒めるように、大牙の指が包み込んだ。ゆっくりと扱かれると甘い悦楽が身体中を満たして、後ろの孔からも力が抜ける。

それを見計らったかのように、大牙が動き始めた。それまでの、ゆっくりと進むだけの挿入ではなく、小刻みに前後しながら奥へと分け入ってくる。

大牙に擦られていると思うと、違和感さえも愉悦に変わる。馨の芯が硬さを増すのを知って、大牙の動きが徐々に大きくなった。

「あ、あ、…」

「馨。気持ちいいのか」

「わか…ない。でも、…あ、…っ」

大牙がぐっと張りつめるのがわかって、馨の中に悦びが走り抜ける。

「ああ、大牙が…」

大きく、という言葉は叫び声のような嬌声に変わった。

「ああ…っ」

突然深く、奥まで貫かれて馨は背を反らした。鈍い痛みと異物感に混じって、かすかな快楽の萌芽(ほうが)があった。

「馨…、馨…っ」

「あ、大牙…っ、ああ…っ」

立てていた両膝を摑まれ、身体を畳むように高く持ち上げられて、大牙を受け入れた。強く突かれて身体が揺れる度、馨の中心も激しく揺れた。

(ああ、どうしよう…。こんな……)

男のもので尻の孔を突かれて勃起しているという事実に頭がくらくらした。しかも、それを嬉しいと感じているのだ。

そう思った瞬間、突かれることがさらに快感に変わった。

「あ、あ…、あぁ…、あ…っ」

前後の移動量を大きくして大牙が馨の奥を犯す。深い位置に打ち込まれると、背骨の下のほうにじわりと快感が滲んだ。

「ああ、大牙…っ、は、ああ…」

大牙の動きが快楽を得るためのものに変わったのを知ると、馨の中にも同じ恍惚が生まれる。切なげに眉を寄せ、馨の襞に肉を擦りつけている大牙の顔を美しいと思い、額の傷に光る汗に淫靡な悦びを摑み取る。

悦楽に目を閉じて、大牙の身体を感じる。深く力強い動き。やがて、獣のような激しさで速度を増して高みに駆け上がってゆく。

歓喜の呻きとともに大牙が弾ける。

「ああ…っ」

熱い飛沫に奥を濡らされて、馨は目を開いた。

荒い息を吐いて、汗を滴らせる大牙の顔を見上げる。

「大牙…」

落ちてくる身体を受け止め、背中に手を回した。

「大牙…」

「馨」

「気持ち、よかった？」

「最高だ…」

ずるりと、まだ逞しいものが出てゆくと、身体の奥を空虚さが襲った。

呼吸が整うと、横向きに身体の位置を変えて大牙が背中から抱き締めてくる。

「馨…。ありがとな」

「…バカ。こんなことでお礼って…、なんだか…」

「そうじゃなくて。亜礼にあいつ…阿利志を返したこと」

「あ…」

「阿利志は亜礼の一部だ。雄神同士だが、やつらは番なんだ。それが、存在とともに記憶まで消し去られていたとはな…」

「記憶、取り戻せてよかったね」

回された腕に手を重ねると、大牙が少し姿勢を変えてキスを求めてきた。振り向いた馨の唇に軽く舌で触れる。

記憶…。

阿利志の真名が鏡に浮かび上がった時、馨の中にも父の記憶がよみがえった。濁流の中で聞いた父の最後の言葉が聞こえたのだ。

『大丈夫だ、馨。怖くないからな…』

それはずっと、馨が思い出したかった言葉だった。同時に、ずっと、馨の胸の中で繰り返されてきた言葉でもあった。

大丈夫、怖くない。

物の怪を見る目を持ってしまった馨に、その言葉はどれだけ力をくれただろう。

（あの言葉をくれたのは、お父さんだったんだ…）

父は初めから、馨を責めてなどいなかった。

『いいんだよ、馨。大丈夫だからな』

どこからか父の声が耳に届いた気がした。「いいよ」の代わりの言葉を受け取ったように思えた。

（パパ…、お父さん…）

生きて、好きなことをさせてもらおう。馨は心の中で「ごめんね」の代わりに父に告げた。

――ありがとう、お父さん。

大牙の唇がうなじをたどる。愛しげに吸われて幸福な気持ちが胸に満ちる。

「あのね、大牙。僕も、大事なもの受け取ったよ」

「ん？　それはなんだ」

父の言葉と…。

「大牙」

尻に押し当てられた大牙自身が質量を増すのがわかった。

「馨。そんなこと聞いたら、また我慢できなくなる」

もう一回、と切羽（せっぱ）詰まった吐息で告げ、大牙はそのままの体勢で背後から入ってきた。たった一度教えられただけですでに寂しさを覚えていた場所は、わずかな抵抗で大牙を受け入れる。

「ああ…」

「馨。ここ、感じるのか」

「わかんない。でも…」

痛みよりも、大牙がこんなに熱く、焼けた石のように硬くなって自分を求めているのだと思うと、そのことに悦びが生まれ身体が疼いた。

落ち着き始めていた前が、挿入の刺激で勃ち上がってくる。それを確かめた大牙の指が、淫らな動きで馨を誘った。

「今度は馨も一緒だ」

弱い左胸を摘まれ、中心を大きな手で擦られると、たまらずに腰が揺れ始めた。大牙を締め付けるように収縮しながら愉悦に身を任せる。

「馨。好きだ」

囁いて首筋を吸い、耳を噛む大牙の熱杭(ねっくい)が馨を貫いたまま質量を増してゆく。身体を横にしたまま、胸と尻を突き出すような形に背中を反らせて馨は身もだえた。

「ああ、あ、あ…っ」

「馨、馨…」

強く突き上げられて、左右に首を振る。

互いの身体が汗に濡れて滑り、摑んだシーツが乱れてくしゃくしゃになった。

「あ、大牙…、ああ、や…、…っ」

「嫌じゃないんだろ。ほんとのこと、言えよ」

「あ、あ、…、あぁ…っ」

きつく抱かれて腰が揺れる。

いい、と食いしばった歯の間から、息だけの囁きが零れた。

「ああ、いい…、いい…っ、大牙、あぁ…っ」

大きく貫かれて嬌声が上がる。速くなる活塞(かっそく)に追い上げられて蜜を零しながら、最後の高みに駆け上がった。

「あ、あ、あ、あ、あ…っ、ん……っ」

かおる、と名を呼びながら大牙が奔流を放つ。濡らされる快感が背筋を這い上がり、大牙の右手に導かれて馨も頂点を極めた。

「あっ、あ――……っ」

雨上がりの空が瞼に浮かび、放り出されるような感覚が馨を捉える。大牙の精を後ろで受け止めながら、こんこんと湧き出る泉のように馨の陽徳(ようとく)からも愛の雫が溢れた。

目を閉じると、瞼に浮かぶ空はどこまでも広く、晴れやかだ。

「馨…」

荒い呼吸のまま湿った肌をピタリと合わせて、大牙が囁く。

「馨」

好きだ。

うなじに零れる吐息に、なぜか目に水の幕が張る。幸せ過ぎて、涙が滲んだ。

広い胸に抱かれて眠り、虹を渡る夢を見た。

目を覚ますと大牙の顔が間近にあって、そのまま朝から求め合い、静かな雨の降る週末を甘く幸福な行為で一日過ごした。

翌日からの一週間はさすがに身体が辛かったが、足の間に何か挟まったようなおぼつかなさは、夜毎(よごと)に身体を開かれるうちに、すぐに慣れて気にならなくなった。人の身体の順応性に、馨は素直に感心した。ただ、瞬(またた)く間に「開発」されてしまう点は少し怖い。

寶水酒蔵へのプレゼンが無事に済むと、仕事の流れにも少し余裕ができてくる。梅雨が明けると夏はすぐそこまできていた。

人の心が大きく変わったわけではないので、薄い影やその気配は今もあたりを漂っている。けれど、実体を持つほど濃い影御魂が現れることはなくなっていた。

週末には亜礼が阿利志を伴い、いつかの大吟醸を手に姿を現した。今日は細工の美しい冷酒用グラスも持参している。

「これ、ちょっとしたお礼。洗い物は大牙に任せるから、よろしくね」

「おう」

阿利志と改めて挨拶を交わす。落ち着いた印象の静かな神様だ。グラスを合わせ、亜礼の手土産の高級なつまみやいつもの惣菜屋で仕入れた料理を囲みながら、以前は珍しそうにまわりを漂っていた影御魂がいないことを少し残念に思った。

「ギギたち、最近ちっとも姿を見せないね。もう山にはいないんでしょ？」

「鏡の裏に戻れたし、好きに出入りできるようになったから落ち着いてるんだろう」

竜田揚げを摘まみながら大牙が言う。

「いつか惣菜屋の前で大牙にぶつかったおばさんのところには、今もボラがいるよ。野崎とかっていう大牙が嚙み付いた男のところにはギギがいるし。ほかにもいっぱい」

そのうちまた、実体を持つかもね、と亜礼はのんびり笑っている。

構って欲しいだけなんだけどな、とグラスを手に大牙も笑う。

「自分の中にあいつらがいることを認めてやればいいだけだ。それができる人間はあいつらともうまく付き合うし、そこまで大きく負の感情が育つことはない」

「そうなんだよね…」

亜礼がため息を吐く。どうも人間の一部には、ほかの誰かを妬んで押しのけたり、嘘をついたりしてでも目立ちたいと考える者がいるようだと肩を竦めた。

「結局は彼らも誰かに認めて欲しいだけなんじゃないかな」

亜礼の言葉を聞いて、大牙が呆れたように言う。

「構って欲しいだけか。あいつらと同じだな」

「ほんとだ」

顔を見合わせて笑った。

いつか気付ければいいけれど、と野崎の一件を思い出しながら馨は思う。

取り返しがつかなくなる前に、引き返せるといい。やったことは消えない。なかったことにはならないのだ。心に影を落とし続け、やがていつか人の目に触れて裁かれる日がくる。

そうなる前に、自分の心と向かい合ってみることから始められるといい。目を背けたい気持ちをそっと説き伏せて勇気を出してみる。その気持ちがそこにあることを認め、許す。そこからきっと、新しい道が開け、次の場所へ歩き出すことができるだろう。

大丈夫、怖くない。

いいことも悪いことも全部、自分の中にあっていいのだから。

馨は立ち上がり、カウンターに置かれたままの水面鏡を手に取った。

「この鏡どうすればいいかな」

「馨が持っていてくれる？　大牙もそのほうがいいだろうし」

向こう側へ行くこともあるだろうから、馨の手元にあるほうがいいだろうと、亜礼は言った。

「大牙はずっと、ここにいるつもりみたいだし」

影御魂の王としてそれで大丈夫なのだろうかと少し心配になるが、亜礼は笑った。

「鎮められて眠るだけの棲み家だからね、時々様子を見に行くくらいで十分だと思う。阿利志もそうするから、通り抜ける時にはここに寄らせてもらう。構わない？」

「もちろん」

大牙と何か話していた阿利志が腰を上げた。

「そろそろ行くか」

「そうだね」

亜礼は満ち足りた表情で頷いた。そして来た時と同様にゆっくりとその姿を薄くして、二人は帰っていった。


地下鉄の階段を上り、雑踏の中を次の取引先へと向かう。広い交差点を渡りながら、正面のビルの上部を飾る巨大な画面を見上げた。化粧品のＣＭが映し出されるところだった。馨たちが手掛けた寶水酒蔵のＣＭだ。

社名は「ＨＯＵＳＵＩ」になった。タカラミズをそのまま音読みにして、母体となった会社とのつながりを残しつつ、独立した企業体であることがわかる名称として採用された。海外展開も鑑みて表記はアルファベットを正式なものとしている。

街を行き交う人々の何人かが足を止めて画面を見上げる。歩道まで進み、馨も立ち止まって顔を上げた。

イメージモデルに抜擢された新人女優の姿が画面に現れる。一人の女性の生活の、いくつかのシーンが抑えた色調で浮かんでは消える。暮らしの背景には、細部に和のテイストが添えられていた。刺し子の花ふきん、天目の黒い器、ちりめんの小物入れなど。

やがて、一筋の涙を流す画が短く映る。

そしてまた、いくつかのシーン。

『変わりたい』

文字と音声の両方が静かに流れる。

雨に濡れる紫陽花の画。

『変わりたい』

もう一度、音声が流れ、鏡の前で頬に触れる女優の姿が映る。白いカウンターに載せられた基礎化粧品の瓶に光が揺れる。

石の鉢からこんこんと湧き出る泉、雨上がりの庭、濡れた葉の先から滴り落ちる雫。

やがて画面がホワイトアウトして、白い背景に文字だけが浮かび、静かなナレーションが重なった。

『少し、かなしい。だから生きていく』

そして、商品と一緒にブランドのシリーズ名と社名がゆっくりと表示される。

『ハイドランジア・シリーズ』

『ＨＯＵＳＵＩ』

全体にソフトフォーカスがかかり彩度を落とした色調の画像で、音楽はなく、かすかな雨の音だけが時おり入る。

派手さのない静かなＣＭだ。

奇抜さや斬新さもない。ありふれたこのＣＭの案が通ったのは、「かなしい」というマイナスのイメージに、クライアントである寶水酒蔵の社長が興味を示したからだ。お披露目ＣＭにはどうかと危惧して、加納の第二案も用意していた馨たちは内心驚いた。

鏡を覗き込み、肌のトラブルと一緒に自分の中のかなしさや負の部分を見つめ、それを受け入れる。そして、変わりたいと願う。綺麗な水から造られた化粧水が、肌と一緒にそのかなしみを癒やしてゆく。

自分を見つめることから全ては始まる。

よいものを作ってくれたと、最高の言葉をクライアントからもらった。

「ただいま」

「おかえり。風呂できてるぞ」

急に夏がきたせいで、汗をたくさんかいていた。帰ってすぐに風呂に入れるのは、本当に助かる。

「風呂掃除は完璧。部屋の掃除と洗濯もだいたい覚えたな。あとは、料理か」

「手の空いてるほうがやるのが効率的だ。気にするな」

影御魂の王を名乗る最強の物の怪神にここまでしてもらっていいのだろうかと迷うが、馨の考えなど気にする様子もなく、大牙は家事にいそしんでいた。仕事が詰まるとおろそかになりがちだったので、馨もつい甘えてしまい、すっかり頼り切ってしまっている。

一度亜礼に相談してみたが、答えはこうだった。

『馨といちゃいちゃする時間を増やしたいだけだから、やらせておけば』

赤面した。

だが、理由はともかく、自分から進んでやってくれていることでもあるし、嬉しいと思うことにして、気持ちに折り合いをつけた。

「風呂、すぐ入るか」

「うん。あのね、大牙」

ワイシャツに手をかけられながら、このところよく言われる言葉を大牙に伝える。

「最近よく、お嫁さんもらったのかって聞かれるよ」

「へえ」

何も入っていない脱衣かごにワイシャツを放りながら、大牙が笑う。

「やっぱり家が片付いてたり、洗濯物の替えに余裕があったりするからかな。なんとなく滲み出るものがあるとか？」

「それだけじゃないだろ」

スラックスも脱がせた大牙が、すぐにそれを畳んで洗濯機の上に置いた。

「ほかに何かある？」

「充実した性生活」

下着に手をかけて大牙がにやりと笑う。そのまま唇を塞がれた。甘く溶かされながら、ああ、そうか、と思う。きっと幸せオーラが溢れているのだ。

「馨が好きだ。ずっとそばにいる」

「うん」

「ずっとだぞ」

狼は一度番（つが）うと決して相手を変えない。

けれど、大牙と馨の持つ時間の長さは違う。そのことが、いつか別れの時を連れてくるだろうと馨は心のどこかで覚悟していた。それでも、こうして過ごす日々はなかったことにはならない。

今を、たくさん、愛せるだけ愛せればいい。なんでもない日常を、その日まで一緒に生きてゆく。あったことはなかったことにならない。

永遠にも近い大牙の時間の中で、いつか馨の存在が忘れられる日が来たとしても、今という時間の愛しさはきっと何も変わらない。

黒狼の化身、影御魂の王、スサノヲに誰よりも強いと認められた男。強く優しい、馨の大事な大牙。

キラキラとＬＥＤの光を受けて温かい湯が降り注ぐ。

光の中で、馨はただ愛しいだけの男にそっと口づけた。

あとがき

こんにちは。はじめまして。橋本悠良（はしもとゆら）です。このたびは「黒狼王の水鏡（こくろうおうのみずかがみ）」をお手に取っていただき、ありがとうございます。

こちらは私の三冊目の本になります。こうしてまた形にしていただくことができ、関わってくださる全ての方々、そして何より、お読みくださる読者の皆様に心から感謝致します。本当にありがとうございます。

今回のお話は「妖怪」というキーワードを最初に決めてスタートしました。妖怪や物怪と呼ばれる存在が表しているもの、意味するものとは何だろうという点から考え始め、厭われ嫌われることの悲しさや理由を想像し、目を背けたい自分の内面について、さらにそれを許すことについて、自分なりに思うところを形にしてみました。

担当M様には、またしても大変お世話になりました。中でも「小さな大牙が大きくなる」という展開について話し合ったことが物語の貴重なベースになっています。「変化」という仕掛けを得たことで、全体の流れを摑むことができました。壁にぶつかるたびに的確なアドバイスをいただき、弱音を吐けば励ましていただき、いつもながら感謝の言葉しかありません。

イラストは古澤エノ先生が描いてくださいました。参考にいただいたカットを目にした瞬間からすっかりぽうっとなってしまい、今もうっとりドキドキしながらキャララフを眺めています。現時点ではまだ最終的なイラストは拝見していないのですが、完成がとても楽しみで待ち遠しいです。お忙しい中お引き受けくださいまして、本当にありがとうございました。

時々、自分の力量不足に落ち込むこともありますが、多くの方に支えられ、こうして一冊の本が出来ると、嬉しさでどんな苦労も忘れてしまいます。また頑張ろうと思えます。

読者の皆様のお声は特に励みになります。ご意見ご感想等ありましたら是非編集部までお寄せください。一緒に本を作ってくださる担当様はじめ、編集部の方々に直接お声が届きますので。ささやかですがお礼のSSをお送りさせていただきます。また、ツイッターを始めましたので、そちらからお声をお聞かせいただいても嬉しいです（「橋本悠良」もしくは「@yura_hashimoto」で検索できます）。

お話の中と同じ季節にお届けできることを、ひそかに嬉しく思いつつ、まだまだ駆け出しで学ぶべき課題は山積みですが、焦らず一歩一歩頑張りたいと思います。またどこかでお会いできましたら、その時はどうぞよろしくお願い致します。それでは、最後までおつきあいいただきありがとうございました。

愛と感謝を込めて。

二〇一六年五月　橋本悠良

純潔の巫女と千年の契り

じゅんけつのみことせんねんのちぎり

橋本悠良

イラスト：周防佑未

本体価格870円＋税

はるか昔、栄華を極めた華和泉の国に神と共に采配を振るう験の巫女がいた。その拠点とされた歴史ある華和泉神社に生まれた美鈴は、可憐な容姿で心優しく、幼くして両親を亡くしながらも祖父と二人幸せに暮らしていた。だが二十歳になった美鈴の身体に不穏な異変が起こる。美鈴は祠に祀られた神に助けを求めるが、現れたのは二人の男だった。一人は硬質で勇ましい男、名は黒蓮。もう一人は柔和で輝く美貌の男、白蘭。二人は双子の神で、美鈴は彼らに仕えた巫女の血を引くらしい。強引ながらも秘めた優しさを見せる黒蓮と、穏やかで理知的な白蘭、そんな二人に愛されてしまった美鈴は…？

リンクスロマンス大好評発売中

鬼玉の王、華への誓い

きぎょくのおう、はなへのちかい

橋本悠良

イラスト：絵歩

本体価格870円＋税

高校生の柊堂玲は不思議議な鞘に導かれ、異世界に迷い込んでしまう。そこは、神によって選ばれた強靭な王・刹那が統べる鬼玉と呼ばれる国だった。玲が手にした「鞘」は、王が所持する「王剣」と対を成すもので、鬼玉で長年にわたり探し求められていたらしい。半ば強制的に鞘の持ち主にされた玲は、戸惑いのまま王宮に連れて行かれ刹那と常に行動をともにすることを余儀なくされる。二人は運命を共する唯一無二の存在らしいが、自分を道具として扱う刹那の冷徹な態度に玲は傷つき寂しさを覚える。しかし、王剣に宿る鬼の力に徐々に身も心も蝕まれる刹那の苦悩を感じた玲は…？

恋を知った神さまは

こいをしったかみさまは

朝霞月子

イラスト：カワイチハル

本体価格870円+税

人里離れた山奥に存在する、神々が暮らす場所“津和の里”。小さな命を全うし、神に転生したばかりのリス・志摩は里のはずれで倒れていたところを、里の医者・櫨禅に助けられ、快復するまで里で面倒をみてもらうことになった。包み込むような安心感を与えてくれる櫨禅と過ごすうち、志摩は次第に、恩人への親愛を越えた淡い恋心を抱くようになっていく。しかし、櫨禅の側には、彼に密かに想いを寄せる昔馴染みの美しい神・千世がいて…？

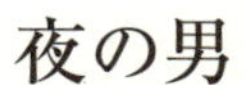

夜の男

よるのおとこ

あさひ木葉

イラスト：東野 海

本体価格870円+税

暴力団組長の息子として生まれた、華やかな美貌の深川晶。家には代々、花韻と名乗る吸血鬼が住み着いており、力を貸してほしい時には契と名付けられる「生贄」を捧げれば、組は守られると言われていた。実際に、花韻は決して年をとることもなく、晶が幼い頃からずっと家にいた。そんな中、晶の長兄である保が対立する組織に殺されたことがきっかけで、それまで途絶えていた花韻への貢ぎ物が再開され、契と改名させられた晶が花韻に与えられることになった。花韻の愛玩具として屋敷の別棟で暮らすことになった契は彼に犯され、さらには吸血の快感にあらがうこともできず絶望するが…。

犬神さま、躾け中。

いぬがみさま、しつけちゅう。

茜花らら

イラスト：日野ガラス

本体価格870 円+税

高校生の神尾和音は、幼いころから身体が弱く幼馴染みでお隣に住む犬養志紀に頼り切って生きてきた。そんなある日、突然和音にケモミミとしっぽが生えてしまう。驚いて学校から逃げ帰った和音だったが、追いかけてきた志紀に見つかり、和音と志紀の家の秘密を知らされる。なんと、和音は獣人である犬神の一族で、志紀の一族はその神に仕え、神官のように代々神尾家を支える一族だという。驚いた和音に、志紀はさらに追い討ちをかけてきた。あろうことか「犬は躾けないとな」と、和音に首輪をはめてきて…!?

リンクスロマンス大好評発売中

約束の赤い糸

やくそくのあかいいと

真先ゆみ

イラスト：陵クミコ

本体価格870円+税

デザイン会社の社員である朔也は、年上の上司・室生と付き合って二年ちかくになるが、ある日出席したパーティで思わぬ人物に再会する。その相手とは、大学時代の同級生であり、かつて苦い別れ方をした恋人・敦之だった。無口で無愛想なぶん人に誤解されやすい敦之が、建築家として真摯に仕事に取り組む姿を見て、閉じ込めたはずの恋心がよみがえるのを感じる朔也。過去を忘れるためとは言え、別の男と付き合った自分にその資格はないと悩む朔也だが、敦之に「もう一度、おまえを好きになっていいか」と告げられて…。

金緑の神子と神殺しの王

きんりょくのみことかみごろしのおう

六青みつみ

イラスト：カゼキショウ

本体価格870円+税

高校生の苑宮春夏は、ある日突然、異世界にトリップしてしまう。なんでも、アヴァロニス王国というところから、神子に選ばれ召還されてしまったのだ。至れり尽くせりだが軟禁状態で暮らすことを余儀なくされ、自分の巻き添えで一緒にトリップした友人の秋人とも離ればなれになり、不安を抱えながらも徐々に順応する春夏。そんななか、神子として四人の王候補から次代の王を選ぶのが神子の役目と告げられる。王を選ぶには全員と性交渉をし、さらには王国の守護神である白き竜蛇にもその身を捧げなければならないと言われ…。

リンクスロマンス大好評発売中

月影の雫

つきかげのしずく

いとう由貴

イラスト：千川夏味

本体価格870円+税

黒髪と碧い瞳を持つジュムナ国貴族のサディアは、国が戦に敗れ死を覚悟していたところを、敵国の軍人・レゼジードに助けられる。血の病に冒されていたせいで、家族にも見捨てられ孤独な日々を送っていたサディアにとって、レゼジードが与えてくれる優しさは、初めて知る喜びだった。そして次第にレゼジードに惹かれていくサディアは、たとえその想いを告げられる日が来ないとしても彼のためにすべてを捧げようと心に誓い…。

LYNX ROMANCE

小説原稿募集

リンクスロマンスではオリジナル作品の原稿を随時募集いたします。

募集作品

リンクスロマンスの読者を対象にした商業誌未発表のオリジナル作品。
（商業誌未発表のオリジナル作品であれば、同人誌・サイト発表作も受付可）

募集要項

＜応募資格＞

年齢・性別・プロ・アマ問いません。

＜原稿枚数＞

４５文字×１７行（１枚）の縦書き原稿、２００枚以上２４０枚以内。
※印刷形式は自由。ただしＡ４用紙を使用のこと。
※手書き、感熱紙不可。
※原稿には必ずノンブル（通し番号）を入れてください。

＜応募上の注意＞

◆原稿の１枚目には、作品のタイトル、ペンネーム、住所、氏名、年齢、電話番号、メールアドレス、投稿（掲載）歴を添付してください。
◆２枚目には、作品のあらすじ（４００字～８００字程度）を添付してください。
◆未完の作品（続きものなど）、他誌との二重投稿作品は受付不可です。
◆原稿は返却いたしませんので、必要な方はコピー等の控えをお取りください。
◆１作品につき、ひとつの封筒でご応募ください。

＜採用のお知らせ＞

◆採用の場合のみ、原稿到着後６カ月以内に編集部よりご連絡いたします。
◆優れた作品は、リンクスロマンスより発行させていただきます。
原稿料は、当社既定の印税でのお支払いになります。
◆選考に関するお電話やメールでのお問い合わせはご遠慮ください。

宛先

〒151-0051
東京都渋谷区千駄ヶ谷４−９−７
株式会社　幻冬舎コミックス
「リンクスロマンス　小説原稿募集」係

この本を読んでの
ご意見・ご感想を
お寄せ下さい。

〒151-0051
東京都渋谷区千駄ヶ谷4-9-7
(株)幻冬舎コミックス　リンクス編集部
「橋本悠良先生」係／「古澤エノ先生」係

リンクス ロマンス

黒狼王の水鏡

2016年6月30日　第1刷発行

著者……………橋本悠良
発行人…………石原正康
発行元…………株式会社　幻冬舎コミックス
〒151-0051　東京都渋谷区千駄ヶ谷4-9-7
TEL 03-5411-6431（編集）
発売元…………株式会社　幻冬舎
〒151-0051　東京都渋谷区千駄ヶ谷4-9-7
TEL 03-5411-6222（営業）
振替00120-8-767643
印刷・製本所…株式会社　光邦
検印廃止

ISBN978-4-344-83746-1 C0293
Printed in Japan

幻冬舎コミックスホームページ　http://www.gentosha-comics.net